AF280017

Solveig & Jan

Andreas Degkwitz

Solveig & Jan

Eine Liebesgeschichte

Bibliografische Information der Deutschen Nationalbibliothek:
Die Deutsche Nationalbibliothek verzeichnet diese Publika-
tion in der Deutschen Nationalbibliografie; detaillierte bibliografische Daten sind im Internet abrufbar über
http://dnb.dnb.de.

Die automatisierte Analyse des Werkes, um daraus
Informationen insbesondere über Muster, Trends und
Korrelationen gemäß §44b UrhG („Text und Data Mining")
zu gewinnen, ist untersagt.

© 2025 Andreas Degkwitz

Cover mit Fotos: Ragnhild Münch

Lektorat: Barbara Herrmann

Verlag: BoD · Books on Demand GmbH, Überseering 33,
22297 Hamburg, bod@bod.de

Druck: Libri Plureos GmbH, Friedensallee 273,
22763 Hamburg

ISBN: 978-3-8192-0670-2

Begegnung

Solveig läuft beschwingt die Parkallee entlang mit einem Lächeln auf den Lippen, das nicht endet, und manchmal sogar mit einer Melodie. Im Schwung ihrer Bewegungen geht sie direkt auf Jan zu, der auf einer Bank sitzt, und Solveig begeistert wie erstaunt auf sich zukommen sieht.

Die beiden sind sich schon häufig begegnet, haben aber noch nicht miteinander gesprochen. Er hat sie von Ferne und aus der Nähe gesehen und sich an der so lebendigen, jungen Frau erfreut. Ihr war aufgefallen, dass er oft auf dieser Bank sitzt oder – offenbar ohne Ziel – durch den Park schlendert und sich Leute anschaut. Er gefällt mir, denkt sie, ein gepflegter, gutaussehender, älterer Herr. Heute werden wir miteinander sprechen.

„Was ist Ihnen passiert", fragt er sie, als sie beinahe vor ihm steht, „dass Sie so glücklich auf mich zuschweben, als komme es endlich zu der Verabredung, die immer wieder verschoben wurde?"

„Ich habe ihm eine geknallt", trällert Solveig.

„Sie haben was?", will Jan wissen, „eine geknallt?"

„Eine geschossen habe ich ihm", antwortet sie, „eine, die saß, um klarzumachen, wo es jetzt langgeht. Ob er das verstanden hat?"

„Geschossen haben Sie, damit er was versteht?"

„Du bist süß, alter Mann", antwortet sie ihm, „du verstehst es nicht, musst du auch nicht, aber du willst es."

Solveig streicht ihm über die unrasierten Wangen und umarmt ihn.

„Wirst du jetzt gleich wieder knallen", will Jan von ihr wissen, „oder sogar schießen?"

„Du bist süß", flüstert sie und küsst seine Hände, in die sie ihr Gesicht schmiegt, „du schmeckst gut."

„Lass sein", wehrt Jan ab, „ich bin zu alt für dich."

„Sag so was nicht", ruft Solveig, „sag mir, wer du bist! Ich weiß nicht genug vom Leben. Lass mich mehr davon wissen und erzähle mir von dir!"

Jan tritt einen Schritt zurück und sieht sie fragend an.

„Von mir möchtest du mehr über das Leben erfahren?", fragt Jan, „das ist doch nicht dein Ernst. Du kennst mich doch überhaupt nicht."

„Das wird sich ändern", erwidert Solveig, „wenn ich von dir mehr vom Leben weiß."

Sie geht auf ihn zu und umarmt ihn, drückt ihn an sich und spricht leise in sein Ohr:

„Erzähl mir von dir und halte mich. Viele haben mich weggeworfen, die mich zuvor fest ergriffen hatten."

„Wer hat dich weggeworfen?", will er von ihr wissen, „was ist da passiert? Hast du dich schlecht benommen?"

„Nein, das habe ich ganz bestimmt nicht", entgegnet sie überzeugt, „dass ich mich schlecht benehme, passiert mir doch mit fünfundzwanzig nicht. Nein, ich wurde vereinnahmt."

„Vielleicht sogar missbraucht?", hakt Jan nach, „auf jeden Fall aber benutzt. Trifft das zu?"

„Ja", sagt sie erstaunt, „woher weißt du das? Wurdest du auch schon benutzt? Oder hast du Menschen das angetan?"

„Wenn du mich so fragst, sage ich ‚nein'. Denn um dir eine Antwort zu geben, möchte ich wissen, was du unter ‚benutzen' verstehst", erklärt er ihr, „wir alle wollen Liebe, Partnerschaft, Zuwendung wie auch Loyalität, Wertschätzung und Verlässlichkeit. Dafür lassen wir uns auf Menschen ein und gehen davon aus, dass dies zu unserem gegenseitigen Vorteil passiert. Warum glaubst du, benutzt, missbraucht oder vereinnahmt worden zu sein?"

„Es geht mir zu selten um mich, um meine Person und um das, was mich ausmacht", gibt sie zurück, „meine Eltern wollen mich stets beschützen. Alle Männer, die sich um mich bemühen, wollen mich nur besitzen. Als ‚mein Schatz' bin ich ihre Investition."

„Du bist hübsch, du bist schön, das weißt du. Deine braunen Augen, deine blonden Locken, dein bronzener Teint, deine ganze Erscheinung weckt das Bedürfnis, dich haben zu wollen. Du bist deinen Eltern, den Männern, die dich verehren, den Frauen, die dich beneiden, viel wert, was zu hundert Prozent für dich als eine Person mit Charakter spricht."

„Aber diese Wertschätzung empfinde ich überhaupt nicht – weder bei meinen Eltern noch bei

Männern und Frauen, die mir nahe sein wollen. Vielmehr fühle ich mich als Inventar, das funktionieren soll, und bleibe dabei auf der Strecke …"

„… wie gewinnst du Menschen für dich?", unterbricht sie Jan, „wie gelingt dir, dass deine Eltern meinen, dich beschützen zu müssen, und die Männer glauben, dass du zu ihrem Auftritt passt und sie sich mit dir behaupten können?"

„Ist das mein Lächeln", fragt sie ihn, „oder die Melodie, die mir manchmal auf den Lippen liegt?", deutet sie ihm mit einer Geste an.

„Haben dir deine Eltern das Lächeln beigebracht?", fragt er, „oder kam das von Anfang an nur von dir?"

„Das Lächeln hat mir meine Mutter auf den Weg gegeben, die Melodie kommt von mir. Gern bin ich eine Frohnatur …", sagt Solveig.

„… und da wunderst du dich über Inbesitznahme und Vereinnahmung?", ruft Jan.

„Wer möchte seinen Mitmenschen schon als Griesgram begegnen? Freude zu wecken und Spaß zu haben, ist doch viel besser. Aber offenbar werde ich dafür bestraft."

„Jetzt hast du doch ihn bestraft. Du hast ihm eine geknallt, hast ihm erklärt, dass du wer bist und nicht mehr nur zu seiner guten Laune und zu seinem Vergnügen beiträgst. Das tut dir offenbar gut."

„Ja, das beglückt mich. Da stimme ich dir zu", erklärt sie ihm stolz, „doch lass mich etwas über das Leben wissen, süßer, alter Mann, gerne auch über dich!"

Jan nickt und nimmt ihre Bitte an, die er ihr nicht versagen will.

Wer ist sie?

Solveig stammte aus einer äußerst wohlhabenden Familie. Ihr Vater war ein erfolgreicher Bankier, ihre Mutter übte ihren Beruf als Notarin wieder aus, seit die Kinder Abitur gemacht hatten und für ihr Studium oder schon als Elternteil aus dem Haus waren. Im vornehmen Süden der Stadt bewohnte die Familie eine prächtige Gründerzeitvilla, die ein Erbstück aus der Familie des Vaters war, in einem Viertel, in dem sich viele Gebäude aus dieser Zeit befanden. Die Villa hatte viele große und kleine Zimmer, zwei Balkone, einen Wintergarten und eine riesige, zur Hälfte überdachte Terrasse. Im Sommer wurde dort gefeiert und gespeist. Umgeben war das Haus von einem großen Garten mit Büschen und Bäumen, einer schönen Wiese und einem Swimmingpool. Eine wunderbare Kindheit und frühe Jugend verbrachten Solveig und ihre vier Schwestern dort, von denen sie die jüngste war. Das schöne Haus, in dem jede Schwester ihr Zimmer hatte, und der wunderbare Garten erwiesen sich als paradiesisch; entspannt, frei und unbefangen ließ sich dort leben. Zum Bedauern ihres Vaters gab es keine Brüder. Angesichts seiner schönen Töchter kam er darüber mit der Zeit hinweg.

Solveig war die schönste der vier Schwestern. Anfang der 2000er Jahre in derselben Stadt geboren wie Jan, war sie seither dort. Von mittelgroßer und schlanker, sportlicher Gestalt, fühlte sie sich wohl in engen Hosen wie in kurzen Röcken. In großen Locken fiel ihr goldblondes Haar weit über ihre Schultern und war beim Sport zu einem fülligen Pferdeschwanz fest gebunden. Eine bemerkenswerte Seriosität und einen interessanten Kontrast zu ihrer hellen Haarfarbe gaben ihr dunkle, braune Augen zu ihrem Lächeln, das ihr meistens auf den Lippen lag. Solveig liebte Bewegung und war für sportliche Aktivitäten zu haben: Laufen, Schwimmen, Mountainbike, Klettern, Skifahren, aber auch Beachvolleyball, Judo, Surfen, Tennis und vieles andere.

Ihre älteste Schwester Hannah war ihr fünf Jahre voraus und bereits verheiratet, als Solveig und Jan sich im Park begegneten. Ihr Mann war Oberarzt und hatte als Chirurg hervorragende Karrierechancen; drei Kinder hatten die beiden schon. Selma, ihre zweite Schwester, war drei Jahre älter als sie und stand kurz vor ihrem Staatsexamen für Rechtswissenschaften. Phasenweise hatte sie in England und in den USA studiert; sie hatte Aussicht auf eine gute Stelle in einer Kanzlei für europäische Rechtsfragen. Ihre dritte Schwester Susanne machte den Eltern viel Sorgen. Sie war eineinhalb Jahre älter als Solveig und hatte ein Studium für Kommunikationswissenschaften angefangen, aber die Lust daran verloren. Deshalb brach sie das Studium im zweiten Semester ab, verdiente mit Gelegenheitsjobs Geld und ging auf Weltreise. In den Nahen Osten, nach Indien und Südostasien zog es sie. Ihren genauen Reiseverlauf kannte niemand. Oft waren die Eltern beunruhigt; denn Susanne ließ nur selten von sich hören.

Solveig, die Volkswirtschaft studierte, freute sich stets ihres Lebens und war der Inbegriff von Lebenslust, ihr größtes Pfund, das ihr, so schien es, niemand stehlen konnte. Schule und Gymnasium standen für Solveig nicht als wesentliche Pflichten im Mittelpunkt ihres Lebens. Nicht, dass es ihr an Intellekt fehlte, aber dauerndes Sitzen und endloses Lernen machten ihr keinen Spaß und motivierten sie nicht zu überzeugenden Leistungen. Dafür war sie eine zu freie und selbstbestimmte Person, die sich immer gern entfaltete und dabei Gefahr lief, Risiken zu übersehen, wenn sie ihre Hemmungen verlor. Mit einem ausgeprägten Sinn für das Wichtigste, das sie nicht verpassen durfte, schlängelte sie sich durch und mit viel Glück bestand sie ihr Abitur. Das war so selbstverständlich nicht. Viele glaubten, dass ein solcher Abschluss mit ihrer Lebensfreude nicht vereinbar sei, zumal sie das Abitur als Schulabschluss nicht besonders ernst nahm. Die attraktiven Ablenkungen, die ihr Leben mit Mode, Partys, Spiel und Sport prägten, gaben nur wenig Bereitschaft zu erkennen, sich auf diese so entscheidende Prüfung vorzubereiten. Doch Solveig war nicht nur ungewöhnlich schön, sondern auch außergewöhnlich effizient, wenn es um die Erledigung von Pflichten ging. Auch amouröse Abenteuer fanden große Aufmerksamkeit bei ihr, die sie oft mit Liebe verwechselte.

Die Liste ihrer Techtelmechtel war durchaus lang. Mit sechzehn begann sie, den Jungs in ihrer Klasse zu verdrehen. Kaum einen gab es, der sich nicht in sie verknallte und dem sie zur Belohnung einen Korb gab, mit dem er sich betrübt von dannen trollte.

Doch eine Ausnahme gab es: Einen ihrer Klassenkameraden war eher klein gewachsen und erschien ihr schwach, war ihr gegenüber recht zurückhaltend, aber stets freundlich. Ihm schenkte sie auf einer Party den ganzen Abend süße Küsse; das machte ihn verlegen, aber ihr viel Spaß. Solveigs vergeblich werbende Verehrer verstanden die Welt nicht mehr, waren sie dem kleinen Schwachen doch in jeder Hinsicht überlegen.

Ein andermal schien sie sich in einen Kerl verliebt zu haben, der ein Motorrad hatte und mit ihr bergauf, bergab über lange Straßen mit engen Kurven raste. Euphorisiert nach einer solchen Fahrt vergnügten sie sich miteinander auf einer Wiese oder an einem See.

Ein Jahr später gab es junge Kavaliere, die ihr halfen, wenn sie mit Mathematik, Chemie oder Physik nicht klarkam. Ob die Chemie stimmte, wurde klar, wenn sie am Ende nachgab oder sich versagte. Die anderen waren solche, die sich zu Charmeuren entwickeln wollten und dafür kräftig übten, um ihre Fähigkeiten und ihre Fortschritte zu beweisen. Allerdings hatten diese Kerle bei Solveig schlechte Karten; denn für solche Zwecke sich funktionalisieren zu lassen, wollte sie auf keinen Fall.

Doch bei einem, der etwas älter war als sie und einem roten Porsche fuhr, konnte sie nicht widerstehen. Nach einer Spritztour und einem feinen Abendessen in einem guten Restaurant, fand sie sich mit ihm in einem Himmelbett wieder, das zu der Suite eines Luxushotels gehörte.

Diese und andere amouröse Abenteuer machte Solveig während der Zeit auf dem Gymnasium. Als sie das Abitur hinter sich hatte und mit dem Studium begann, erreichten sie Angebote, die sie bisher nicht für möglich hielt: Nach Einladungen zu einer Kaffeemahlzeit erhielt sie Heiratsanträge, die sie – wenig erstaunlich – abgelehnt hat. Andere sahen sich veranlasst, sie zu fragen, ob sie bereit sei, ein gemeinsames Wochenende oder sogar zusammen Urlaub zu verbringen.

Auf gemeinsame Wochenenden oder Urlaube wurde sie von Freunden angesprochen, die Solveig kannte, aber auch von Bekannten, die sie zwei oder dreimal getroffen hatte. Glaubte sie, Perspektiven für länger währende Partnerschaften zu erkennen, sagte sie bei Freunden zu. Doch zu den Partnerschaften kam es nicht. Bei Bekannten ließ sie sich auf nichts ein – auch wegen ihrer Eltern, die sich wegen ihrer Unternehmungen zunehmend um sie sorgten.

Was Solveig alles in diesen Urlauben erlebt hatte! Sie hätte zu der Überzeugung kommen können, dass Urlaub nichts anderes sei, als alle Hemmungen über Bord zu werfen, um für ein paar Wochen einfach die Sau loszulassen.

Ein Freund fiel über sie her, als sie sich nach einer langen Reise im Bad des Hotelapartments duschte, um sich für den Abend vorzubereiten. Ein anderer verlor beim Baden im Meer jede Beherrschung, nachdem er sie mit nacktem Busen am Strand erlebt hatte; dabei wäre sie fast ertrunken. Ein dritter nahm sich als einziges Urlaubsziel vor, Solveig täglich zu vögeln nach dem Modus: Fressen, Saufen, Fressen, Saufen und dann wieder in die Kiste. Zum Urlaub von Prominenz am Mittelmeerstrand ließ sie sich mehrfach einladen – meistens Bekannte ihrer Eltern. Alle zwei Tage feierte sie dann eine Party an der Seite eines Prominenten, der stets ein anderer war. Manchmal fanden diese Partys auch auf großen Motoryachten statt, wobei die dort verfügbaren Kajüten genutzt werden durften. Solveigs Eltern hatten keine Einwände, dass sie an dem Urlaubsvergnügen ihrer Geschäftspartner teilnahm –

das konnte doch nur nützen. Demgegenüber waren sie außerordentlich misstrauisch, wenn Solveig mit denjenigen in den Urlaub fuhr, die sie als ihre Freunde bezeichnete. Auf gar keinen Fall ein Kind sollte sie aus solchen Urlauben mitbringen.

Solveig verstand es, in Unordnung zu leben, ohne sich darin zu verlieren; sie war bei vielen beliebt, da sie immer für gute Laune sorgte. Das gelang ihr, da sie den Menschen, auf die sie traf, immer schnell nahe war. Dabei war sie sehr locker und außerordentlich ungezwungen, aber auch leichtsinnig; denn sie ließ sich rasch auf Bekanntschaften ein, ohne länger darüber nachzudenken – einfach aus Freude und Spaß. Doch wenn ihre Partner Weg und Zugang zu ihr nur im Bett fanden oder anfingen, sich mit ihr zur Schau zu stellen, sie für Zwecke der Repräsentation oder gar als Werbung für sich einzusetzen, was oft der Fall war, wegen ihres attraktiven Äußeren und ihrer extrovertierten Art, verlor sie rasch jedes Interesse an ihnen, fühlte sich falsch verstanden und benutzt und brach die Beziehung mit ihnen unverzüglich ab. Denn das empfand sie als Missbrauch ihrer Lebenslust, was sie versuchte zu erklären. Doch das gelang ihr nicht; sie wurde nicht gehört. Von daher fühlte sich als Schmuckstück oder Sexobjekt ausgebeutet, mehr noch verkauft. Aber jetzt hatte sie einem, der sie in dieser Hinsicht wieder schwer enttäuscht hatte, eine Ohrfeige verpasst – das hatte ihr gut getan und ließ sie glauben, ein unmissverständliches Zeichen gesetzt und sich von diesem Kerl befreit zu haben. Doch deshalb wusste sie nicht, was Leben ist, und erst recht nicht, was Liebe bedeuten kann. Mit der Freude über die Ohrfeige und der Genugtuung, einem, der es verdiente, eine echte Klatsche verpasst zu haben, traf sie spontan auf Jan.

Wer ist er?

In derselben Stadt wie Solveig war Jan Mitte der fünfziger Jahre des letzten Jahrhunderts geboren und hatte immer dort gelebt. In äußerst bescheidenen Verhältnissen wuchs er in einer Mietskaserne in einem innenstadtnahen Ortsteil im Norden der Stadt auf. Er war das einzige Kind seiner Eltern. Die Familie lebte in einer engen Dreizimmerwohnung auf der zweiten Etage eines fünfstöckigen Häuserblocks, der Anfang der fünfziger Jahre gebaut worden war und sich an einer stark befahrenen Straße befand. Die Fenster des Gebäudes waren klein und gaben Kinderzimmer und Wohnstube nur wenig Licht. Küche, Bad und Elternschlafzimmer gingen zum Hinterhof hinaus, wo sich eine Wiese, Buschwerk und ein paar Bäume befanden sowie eine Schaukel und ein Sandkasten. Die Geländer der Treppeneingänge zum Keller vom Hinterhof aus säumten große Mülltonnen. Der Gebäudekomplex war seit seiner Erbauung nicht mehr neu verputzt worden; sein helles Beige war von Schmutz und Staub ganz dunkel wie auch die Wände des Treppenhauses. Kaum gelüftet stand die Luft in den

Treppenhäusern, in denen sich tagsüber abgestandener Essensgeruch verbreitete und die abends wegen zahlreich ausgefallener Leuchten düster und unheimlich waren. Hätten die Bewohner eine Reinigung der Treppen nicht auf eigene Initiative unternommen, wären diese vermüllt und versifft gewesen.

Insgesamt war die Mietskaserne von Hoffnungslosigkeit und Tristesse geprägt. „Raus hier" nahmen sich viele Bewohner vor. Doch es schien kein Zurück zu geben, sondern nur weiter bergab zu gehen, so dass sich die meisten Mieter für Verlierer hielten, da sie keine Alternativen für sich sahen. Jans Perspektive eines besseren Lebens konnte vor diesem Hintergrund nur aussichtslos sein. War das tatsächlich so?

Sein Vater war Straßenbahnfahrer, seine Mutter als Putzhilfe in einem Facility-Unternehmen angestellt. Beide arbeiteten im Schichtbetrieb; deshalb war Jan oft allein. An Wochenenden nahm ihn sein Vater ab und zu auf seine Schichten mit, was Jan allerhand Spaß machte; denn er fuhr ganz vorne in der Tram. Mehr konnte der Vater ihm nicht bieten. Mit dem

Besuch der Schule verlor er allerdings daran das Interesse.

Der Augapfel seiner Mutter war Jan von Anfang an; sie sorgte dafür, dass er immer besser gekleidet war als seine Mitschüler in Grundschule und Gymnasium. Trotz knapper Kasse kaufte sie ihm neu ein Jackett, weiße Hemden mit Krawattenfliegen, gute Hosen und fesche Schuhe und ersetzte diese Kleidungsstücke, wenn sie Jan zu klein geworden waren. Warum machte die Mutter das, während sie sich ihre Kleidung im Altkleiderladen besorgte? Kleider würden Leute machen, erklärte sie Jan, als sie ihm zu seinem zehnten Geburtstag einen Lodenmantel schenkte, ihm solle es besser gehen als seinen Eltern. Allerdings war der Lodenmantel Jan zu groß, da sie ihn auf Zuwachs und reduziert als ein Sonderangebot gekauft hatte.

Gegenüber der Wohnung, in der Jan und seine Eltern wohnten, lebte Heinrich, ein pensionierter Blockflöten- und Klavierlehrer, der Privatunterricht gegeben hatte. In seiner Wohnung lebte Heinrich allein. Schüler hatte er keine mehr. Doch Jan würde er als Schüler nehmen, wenn er Klavier lernen wollte. Denn Heinrich gefiel Jans kultivierter Auftritt; ein so herausgeputzter Junge war ihm in der Mietskaserbe bisher noch nie begegnet. Er fragte Jans Mutter, ob sie einverstanden sei, wenn er Jan Klavierunterricht erteile und ihm die Möglichkeit zu üben bot.

„… und was erwarten Sie als Gegenleistung?", wollte die Mutter wissen, „denn bezahlen können wir sie nicht."

„Unter der Woche drei Mal ein Mittagessen bei Ihnen", antwortete Heinrich, „das wäre wunderbar."

„Das ist fair", sagte die Mutter, „ich frage Jan, ob er bei Ihnen Klavier lernen will. Vermutlich wird er zusagen."

Tatsächlich zögerte Jan keinen Moment, als die Mutter ihn dazu befragte.

„Immer habe ich mir das gewünscht, wenn ich Heinrichs Schüler nebenan spielen hörte", antwortete er.

Jan begann mit dem Unterricht. Das Klavierspielen rückte nicht nur die Schule aus dem Mittelpunkt seines Lebens, sondern nahm auch der Tristesse, die seinen Lebensraum prägte, die Schwere und das Gewicht, als sein Klavierspiel das Haus erfüllte. Bald wusste Jan nichts besseres mehr für sich als Klavier zu üben. Heinrich war von seinem Schüler begeistert, der Erfolge erwarten ließ. Nach einem guten Jahr trat Jan mit Bagatellen und Sonatinen auf dem Sommerfest des Gymnasiums auf, das er besuchte, und hatte mit seinem Vorspiel großen Erfolg. Er spielte ein Präludium als Zugabe und nahm nach seiner abschließenden Verbeugung wie ein Profi einen großen Blumenstrauß entgegen, den er dann seiner Mutter schenkte.

Weitere Vorspiele und sogar Klavierabende folgten und ließen für Jan eine vielversprechende Karriere erwarten. Mit seinem Klavierspiel verstand er zu begeistern und seine Zuhörer zu beglücken – das war beachtlich. Doch plötzlich war Heinrich in seiner Wohnung zusammengebrochen und gestorben. Jan fand ihn tot in seiner Wohnung und hatte nach vier Jahren Unterricht keinen Klavierlehrer mehr. Was nun? Auf dem Konservatorium in der Stadt hätte er sich wahrscheinlich erfolgreich beworben, aber bezahlen konnten seine Eltern dort den Unterricht nicht. Auch wenn er ein Stipendium bekommen hätte, ein Klavier zum Üben hätte er damit nicht; dafür war in der engen Dreizimmerwohnung seiner Eltern kein Platz. Jan sah keine Chance, sein Klavierspiel fortzusetzen und nach dem Abitur ein Musikstudium für Klavier aufzunehmen, für das er in eine andere Stadt ziehen musste. Wer sollte das bezahlen? Hinzukam, dass er auch Risiken sah, eine Karriere als Pianist anzustreben. Denn in der Welt der Musik und des Klaviers kannte er niemanden, der ihm wie Heinrich zur Seite stand. Wie sollte das gut gehen? Er hörte auf Klavier zu spielen, was ihm anfangs sehr schwerfiel, widmete sich mit großem Eifer der Schule, um das Klavierspiel zu vergessen und machte ein glänzendes Abitur, das ihm ein Jurastudium an der Universität seiner Heimatstadt möglich machte, wie Jan es sich inzwischen auch gewünscht hatte.

Nach einem sehr guten Staatexamen unternahm Jan mit viel Ehrgeiz und noch mehr Fleiß eine Karriere in der Stadtverwaltung – geschenkt oder zugeflogen war ihm nichts. Sein Cousin, drei Jahre älter als er, hatte eine Lehre zum Elektriker gemacht. Seine Cousine, die zwei Jahre jünger als Jan war, hatte einen Job als Verkäuferin in einem Geschäft für Damen- und Herrenkonfektion, bevor sie geheiratet hatte und Mutter von zwei Kindern wurde. Als einziger in seiner familiären Generation hatte Jan Abitur gemacht, studiert und es als Jurist sowie schließlich als Abteilungsleiter der städtischen Finanzverwaltung tatsächlich weit gebracht. Eine hohe Position hatte er erreicht, was vor seinem Lebenshintergrund in Kindheit und Jugend durchaus als Sensation zu betrachten war. Wer hätte gedacht, dass einer aus dieser Mietskaserne und sogar ein pianistisches Talent einen solchen Aufstieg nahm?

Seit drei Jahren war er nun pensioniert, immer noch rüstig und an Neuem interessiert, da er sich mit den Themen seiner Tätigkeit genug befasst hatte und neugierig darauf war, was sich jenseits von Finanz- und Steuerfragen für ihn abspielte; nun war er von den beruflichen Verpflichtungen befreit, die ihn lange begleitet hatten. Er war nicht groß, aber recht schlank, auch ohne Anzug und Krawatte stets gut gekleidet. Denn trotz fortgeschrittenen Alters kam es ihm darauf an, aufgeweckt und präsent zu erscheinen. Sein weißes, fülliges Haar gab ihm dafür eindrucksvollen Schwung, einen faszinierenden Glanz strahlten seine großen, blauen Augen aus –

eine bemerkenswerte Erscheinung, die nicht zu übersehen war.

Jan machte auf sich aufmerksam, ohne aufdringlich zu sein. Ihm lag viel daran, auch als älterer Mann noch zu denjenigen zu zählen, die ernst genommen wurden. Mit einer ganzen Reihe neuer Erfahrungen, die er machte, war er davon überzeugt, anders als im Beruf zu leben. Ein ungewohnt neues Lebensgefühl wurde in ihm geweckt. Das war kein Ruhestand, vielmehr taten sich Abenteuer für ihn auf und manches, was er während seiner Berufstätigkeit verloren hatte, kam wieder.

Das erste Jahr seines Ruhestands hatte er noch mit seiner Frau verbracht, die dann verstarb, was für ihn ein großer Verlust und sehr schmerzhaft war, hatte er doch seine Frau sehr geschätzt. Ihre Gegenwart, ihre Nähe war ihm äußerst angenehm und ihr Leben zu zweit vertraut. Seine drei erwachsenen Kinder – eine Tochter als älteste, dann zwei jüngere Söhne – waren schon lange nicht mehr im Haus, sondern bereits im Beruf, weit weg und in fester Partnerschaft gebunden. Begegnungen mit den Eltern und nach dem Tod der Mutter mit ihm allein wurden äußerst selten. Deshalb war Jan auf sich allein gestellt; das war ihm bisher noch nicht passiert.

Dazu gehörte auch die Gestaltung des Alltags, die er immer gemeinsam mit seiner Frau unternommen hatte. Doch jetzt lag seit fast drei Jahren alles bei ihm, was anfangs gar nicht so einfach war. Denn er musste lernen, seine alltäglichen Pflichten zu bewältigen und alleine damit klarzukommen. Gerne belohnte er sich mit Konzert- oder Kinobesuchen oder mit Tanzen, was er mit besonderem Vergnügen machte und auch vorzüglich konnte. Jedes zweite Wochenende fand eine Party in der Tanzschule statt, wo er Tanzen mit seiner Frau gelernt und sein Vergnügen daran gefunden hatte. Jan kam darauf wieder zurück und nahm regelmäßig an diesen Partys teil.

Weiterhin besuchte er alte Freunde und belebte viele alte Kontakte. Freunde zu besuchen, war ihm während seiner Berufstätigkeit oft versagt geblieben. Erfreut und davon inspiriert holte er dies nach. Zu seinen Highlights im Alltag gehörten schließlich auch lange Spaziergänge. Diese Art der Bewegung war ihm wichtig. Denn die langen Strecken, die er bei Wind und Wetter zurücklegte, hielten ihn fit. Wenn ihn der Weg durch den Stadtpark führte, nahm er gerne auf einer Bank Platz und sah die Menschen an sich vorüberziehen. Nicht dass er alle kannte, die dort an ihm vorbeiliefen – im Gegenteil! Doch diese Aussicht war interessant, da er die Garderobe vieler Spaziergänger und ihr Auftreten ganz unvoreingenommen betrachten konnte – das machte ihm Spaß. Manchmal blieb er auch allein im Park, oder es waren nur ganz wenig Leute, die er dort antraf, wie an dem Tag, an dem er Solveig dort zum ersten Mal begegnete.

Tanzen

Zeit verging, ohne dass sie sich begegneten. Zwei, drei Mal rief Solveig bei Jan an und fragte ihn, ob er noch immer bereit sei, ihr von seinem Leben zu erzählen. Das bestätigte er gerne, wusste aber nicht, wie er ihr das vermitteln sollte. Doch dann hatte er plötzlich die Idee, mit der er Solveig abholen konnte, um ihr sein Leben zu vermitteln.

„Am Wochenende gehe ich auf eine Tanzparty", sagte er ihr bei einem Anruf, „darf ich dich bitten, mich zu begleiten? Tanzen habe ich gelernt, als ich jung war, vor langer Zeit, und mich seither immer daran gefreut."

„Wo findet denn die Party statt – in einem Club?", wollte Solveig von ihm wissen.

„Nein, in der Tanzschule, in der ich das Tanzen lernte", antwortete ihr Jan, „in einem Club bin ich am falschen Platz", äußerte er, „für mich kein Ort zum Tanzen."

„Du tanzt klassisch: Walzer, Foxtrott, Tango, Samba und Cha-Cha-Cha", sagte sie, „tut mir leid, aber das kann ich nicht."

„Das kannst du nicht?", rief Jan überrascht in den Hörer, „nun ja, sportlich, wie du bist, wirst du schnell damit vertraut sein. Ich führe dich."

„Du machst was?", fragte sie erstaunt, „du führst mich? Was heißt denn das?"

„Beim klassischen Tanz wie zum Beispiel bei Tango und Walzer gibt es stets eine Person des Tanzpaars, die führt, und eine andere, die sich führen lässt. Das sorgt für Eleganz", erklärte Jan, „und wird dir gefallen."

„Du machst mich neugierig", gab Solveig zu, „das hört sich verlockend an. Können wir vor der Party noch etwas üben?"

„Na klar! Eine Stunde vor der Party gibt es in der Tanzschule dazu Gelegenheit. Wenn du in einem Kleid mit weitem Rock kommst, wird der Genuss noch größer."

„Oh ja, das mache ich", versprach sie, „ich bin sehr gespannt."

Jan hatte ja seit dem Tod seiner Frau wieder öfter an Tanzpartys teilgenommen. Denn das zählte zu den Höhepunkten, die für ihn eine Belohnung waren und ihm viel Freude bereiteten. Die Party, die jetzt am Samstag stattfand, war allerdings etwas Besonderes. Denn dorthin ging er nicht allein, sondern mit Solveig, die von sich sagte, nicht klassisch tanzen zu können. Jan konnte das kaum glauben, schloss es aber nicht aus. Auf ihre Garderobe war er gespannt und wurde nicht enttäuscht: Ein Kleid mit rotem Jackett auf weißer Bluse und einem blau-weiß-gestreiften Faltenrock hatte sie angezogen. Die blonden Haare fielen frei und ungebunden über Solveigs Schultern. Wie Opale leuchteten ihre Augen. Kein Zweifel, sie war die Schönste auf der Tanzparty. Er nahm Solveig in die Arme und küsste sie auf die Wangen.

„Du bist pünktlich", sagte er, „wunderbar! Dann wollen wir mal üben. Du siehst wunderschön aus!"

„Ich bin so aufgeregt", bemerkte sie, „und habe mich mit meiner Garderobe lange vorbereitet. Deine Augen leuchteten, als du mich gesehen hast. Ich freue mich, dass dir das Kostüm gefällt. Jetzt bring mir Tanzen bei, das dir so viel bedeutet, süßer, alter Mann, und führe mich."

Er ging mit ihr in den Vorbereitungsraum, in dem sich auch andere Paare eintanzten. Musik ertönte aus vier Lautsprechern und gab verschiedenen Tänzen ihren Rhythmus. Zügig hatte Solveig die Schritte von Foxtrott und Walzer verstanden und ließ sich von Jan wirbelnd durch den Raum führen. Niemand bemerkte, dass dieses Paar zum ersten Mal miteinander tanzte und sich auf die Tanzparty erstmalig vorbereitete. Dabei schienen die beiden auch bald Cha-Cha-Cha, Samba und sogar Tango mit allerhand Spaß im Griff zu haben.

So kam es auf der Party zu einer Sensation. Solveig und Jan machten mit ihrem tänzerischen Schwung – vor allem bei Walzern – von Anfang an auf sich aufmerksam. Die beiden schwebten gleichsam übers Parkett und begeisterten mit der Leichtigkeit ihres Tanzes. Am Schluss der Party waren sie allein auf der Tanzfläche und boten dem umstehenden Publikum einen Tango, als hätten sie sich auf diese Vorstellung lange vorbereitet. Sie verneigten sich, als der Tanz zu Ende war, und nahmen den Applaus der Anwesenden zufrieden entgegen. Jan war glücklich, dass er Solveig für die Tanzparty gewonnen hatte. Solveig freute sich, dass sie dem Vorschlag Jans gefolgt war und nun auch klassischen Tanz konnte.

„Beim Tanzen vergisst du jede Schwere des Lebens", ließ sie ihn auf dem Weg nach Hause wissen, „da hast du alles abgeschüttelt, was dich belastet. Habe ich recht?"

„Tanzen ist Ausdruck von Schwerelosigkeit mit Musik und, ja, macht das Leben leicht. Da hat mir oft geholfen – was für ein Glück!", erklärte er.

„Ist Tanzen für dich Sport?", fragte sie.

„Nein", erwiderte er, „Tanzen ist für mich kein Wettbewerb, was Sport üblicherweise ist."

„Aber ohne Freude an Bewegung, die zu Sport gehört, funktioniert Tanzen nicht."

„Da hast du recht", bestätigte Jan, „dass dir Tanzen gefällt, wie ich es pflege, ist mir eine große Freude. Denn Tanzen verstehe ich als einen Höhepunkt meines Lebens."

„Lernst du übers Tanzen Leute kennen und verliebst dich in deine Tanzpartnerinnen, die du führst?"

„Meine Frau habe ich auf diese Weise kennengelernt und nach ihrem Tod nun dich. Partnervermittlung ist Tanzen nicht für mich."

Nach einer Fahrt mit Bus und Straßenbahn standen sie nun vor dem Haus, in dem Solveig wohnte. Es war eine große, alte Villa, in der sie zwei kleine Zimmer zur Miete hatte.

„Willst du noch zu mir kommen und ein Glas Wein trinken?", fragte sie ihn.

„Solveig, ich danke für deine Einladung. Doch ich möchte den Abend mit meiner Erinnerung an unser wunderbares Tanzerlebnis ausklingen lassen. Wir sehen uns bald wieder."

Er schloss sie zum Abschied noch einmal in seine Arme und küsste ihre Wangen. Dann löste er sich von ihr und verschwand lautlos in der Dunkelheit. Solveig sah ihm ein paar Minuten staunend nach und betrat im Mondschein das Haus, um die Treppe zu ihrer Wohnung aufzusteigen; dort sah sie aus einem Fenster in die Nacht und in den fahlen Halbmond.

Beruf

Volkswirtschaft studierte Solveig; sie war der Augapfel ihrer Eltern. Ihre Mutter bemühte sich, über sie zu wachen, damit sie in ihrer Lebensfreude nicht gegen Wände rannte. Der Vater wünschte sich eine Anstellung als Analystin bei einer Bank für sie. Wenigstens eine Tochter wollte er als Nachfolgerin in seiner Branche haben. Dafür war Solveig allerdings kaum zu begeistern. Den ganzen Tag vor einem Bildschirm zu sitzen und Kursverläufe zu analysieren, das war nicht ihr Ding und viel zu lebensfern für sie. Doch sie hatte keine Idee, was sie stattdessen machen sollte, das wusste sie nicht und entschloss sich deshalb, Jan nach den Motiven seiner Berufswahl zu fragen.

„Was hat dich dazu gebracht, Rechtswissenschaft zu studieren", fragte ihn Solveig eines Tages, „für deine Tätigkeit in der Finanzverwaltung war das doch keine Voraussetzung, da hätte doch auch eine Ausbildung genügt."

„Als ich Jura studierte, wusste ich noch nicht, dass die Finanzverwaltung der Stadt mein Berufsfeld werden sollte", antwortete Jan, „doch ein fachlich breit angelegtes Studium empfiehlt sich immer."

„Du hättest auch etwas ganz anderes als Verwaltung machen können mit deinem Studium."

„Ja, das hätte ich", gab er zu und sah Solveig an.

„… und warum bist du in die Stadtverwaltung gegangen? Haben dich Budgetmanagement und Steuerfragen in besonderer Weise angesprochen?", fragte sie ihn.

„Der öffentliche Dienst war meine Motivation. Ich hatte keine Möglichkeit für mich gesehen, eine eigene Anwaltspraxis zu eröffnen oder Teilhaber einer Gemeinschaftspraxis zu werden."

„Was ist daran so schwierig?", wollte Solveig wissen, „das ist doch nichts Besonderes."

„Für dich ist es das nicht", entgegnete Jan, „aber für mich. Eine Berufswahl wird auch von der Familientradition beeinflusst. Als Straßenbahnfahrer war auch mein Vater bei der Stadt beschäftigt."

„Dann empfiehlt sich für mich eine Karriere als Bankerin?"

„Interessiert dich denn eine Tätigkeit bei der Bank? Oder ist es nur, weil das der Wunsch deines Vaters ist? Das dürfte doch wahrscheinlich ein Wunsch deines Vaters sein."

„Ja, das ist so. Woher weißt du das?", fragte sie erstaunt.

„Dass du seine Lieblingstochter bist und er dich am liebsten auf einer Bank gut verdienen sieht, das kann ich mir bestens vorstellen."

„Hat sich dein Vater dafür interessiert, welche berufliche Entwicklung du verfolgst und wo du tätig sein wolltest?"

„Nein", sagte Jan, „darum kümmerte er sich nicht. Aber er gab mir mit, dass es bei der Wahl des Berufs nicht nur um Geld gehen sollte …"

„… sondern dass er auch gut zu einem passt", ergänzte sie.

„So hat er mir das nicht gesagt", bemerkte Jan, „aber das war seine Botschaft, der ich folgte, was mir im Ergebnis guttat."

„Wie sieht es nun für mich aus?", fragte Solveig, „wie entscheide ich mich jetzt?"

„Ist Sport nicht gut für dich?", schlug er vor, „Sport zu studieren, passt doch zu dir. Keine Sorge! Deine Eltern werden nichts dagegen haben. Warum auch?"

Gemeinsamer Urlaub?

„Die Sommersemesterferien beginnen", sagte Solveig zu Jan, „endlich! Ich werde zwei Wochen Urlaub machen. Doch ich überlege noch wohin. Was hast du früher in den Semesterferien gemacht?"

„Meistens habe ich Geld verdienen müssen und gearbeitet. Weggefahren bin ich selten. Ab und zu habe ich mit meinen Eltern eine Woche in Tirol verbracht und bin dort mit ihnen gewandert."

„Bist du nie mit deinen Freunden nach Italien oder in die Türkei gereist?"

„Ganz einfach: Das konnte ich mir nicht leisten", äußerte Jan, „verreisen war mir als Student nicht möglich."

„Und später? Bist du mit deiner Frau weiter weg verreist?"

„Ja, nach Paris. Das war unsere Hochzeitsreise. Aber danach ging es mit der Familie in den Schwarzwald oder auf eine der Nordseeinseln."

„Mehr war es nicht?", fragte Solveig überrascht, „Geld für mehr hattest du doch bestimmt. Urlaub am Mittelmeer, hast du darauf gar keine Lust gehabt? Das kann ich mir echt nicht vorstellen."

„Noch nie habe ich Urlaub am Mittelmeer gemacht", erklärte Jan, „ich war nie in Italien, Spanien oder in der Türkei und weiß überhaupt nicht, was mir entgeht."

Solveig schüttelte den Kopf; das verstand sie nicht. Sich so mit Urlaubsreisen einzuschränken, hatte er doch nicht verdient. Sollte sie ihn zu einem Urlaub mit ihr für eine Woche ans Mittelmeer einladen? Wäre das ein Vorschlag, der ihn begeistern könnte? Aber was würden sie den ganzen Tag machen? Ihr Urlaubsprogramm in Strandcafés und abends in Discos würde Jan sicher nicht teilen. Ihn mitzunehmen, um ihn dann dort sich allein zu überlassen, machte für sie keinen Sinn und wollte sie auf gar keinen Fall.

„Vielleicht hast du ja Lust, mit mir für eine Woche ans Mittelmeer zu fahren", fasste sie sich ein Herz, „voraussichtlich werde ich nach Süditalien reisen, wahrscheinlich nach Sizilien. Da gibt es schöne Strände und viele schöne Städte, Kirchen und Gebäude und Museen anzusehen."

„Wir beide zusammen nach Italien?", fragte er überrascht, „irgendwie wäre das super. Aber das ist doch nicht wirklich dein Ernst."

„Du willst es eigentlich, aber sagst mir ab?", erwiderte sie irritiert. „Bin ich dir peinlich oder hast du vor mir Angst?"

„Ich bin ein alter Mann", antwortete Jan, „und kein Urlaubspartner für dich. Was für dich Urlaub ist, das ist es bestimmt nicht für mich. Ich will dir doch nicht zur Last fallen."

„Das tust du nicht, Jan, du möchtest aber gerne mal wissen, wie es am Mittelmeer ist, entnehme ich deinen Worten", gab sie entschieden zurück, „mit Vergnügen lade ich dich für eine Woche ein, mit mir in den Urlaub zu fahren. Kommst du mit?"

„Bin ich dann auf Kosten deines Vaters mit dir am Mittelmeer, ohne dass er davon weiß?"

„Meinen Vater dürfte das wenig kümmern, meine Mutter schon eher. Ich würde meinen Eltern erklären, dass du zu meinem Schutz mit mir im Urlaub bist."

„Aber ich könnte dich doch gar nicht beschützen, Solveig. Wenn etwas passiert, bin ich derjenige, der nicht in der Lage ist, dich zu retten. Dein Angebot weiß ich zu schätzen. Doch dass dir etwas Schlimmes geschieht, was ich nicht verhindern kann, dieses Risiko will ich nicht eingehen."

„Ach, Jan! Was soll denn passieren? Ich bin doch auch schon allein in den Urlaub gefahren und wohlbehalten wieder zurückgekehrt. Mit deinen Bedenken, an die du selbst nicht glaubst, redest du dich heraus. Ich habe mehr und mehr Zweifel, ob du überhaupt mit mir verreisen willst. Das macht mich echt traurig."

Jan sagte dazu nichts. War er dabei, Solveig schwer zu enttäuschen? Weinte sie? Das wollte er selbstverständlich nicht.

„Sorgst du dich, für einen alten Bock gehalten zu werden, der sich wie ein Teenager in mich verliebt hat?", fragte sie ihn enttäuscht, „du hast jede Freiheit und darfst alles machen, solange du anderen damit nicht schadest. Aber du verhältst dich wie ein Verwalter deines Ruhestandes, der glaubt, sich auf alle geltenden Regeln zu verstehen und sich deshalb an alle Regeln halten zu müssen."

„Werden wir denn ein gemeinsames Zimmer haben?", wollte Jan plötzlich wissen.

„Gerne", war Solveigs Antwort, „wäre das für dich ein Problem?"

„Dann schlafen wir in demselben Bett", folgerte er daraus.

„Hast du Angst, mit mir schlafen zu müssen?", fragte sie keck, „das müssen wir nicht, aber könnten es, wenn wir wollen. Wie auch immer, deine Nähe tut mir gut."

Jan sah sie schweigend an.

„Ich brauche noch etwas Zeit. Tut mir leid. Darf ich nochmals darüber schlafen?"

Solveig nickte und lächelte.

„Mach es dir nicht zu schwer!", sagte sie.

„Wann soll es denn losgehen?", wollte er wissen.

„So bald wie möglich, Jan, will ich mit dir ans Mittelmeer", war ihre Antwort.

Am nächsten Morgen schickte Jan eine SMS an sie.

Ich habe begonnen, meinen Koffer zu packen. Wohin fahren wir denn?"

Marina di Ragusa

Solveig hatte für eine Woche eine Ferienwohnung in Marina die Ragusa an der Strandpromenade für Jan und sich gebucht mit der Option, eventuell drei Tage zu verlängern, wenn Jan das wollte. Sie hatte vor, noch ein wenig an der Küste weiterzureisen, wenn Jan zurückgefahren war. Die Wohnung befand sich mit einer geräumigen Wohnküche, Schlafzimmer und einem großen Balkon zur Meerseite hin auf der ersten Etage in einem modernen Wohnhaus mit weißgetünchten Wänden und Glasscheiben, die bis auf den Boden reichten. Mit zwei Sesseln, einem Sofa, einem stylishen Esstisch sowie mit Stühlen und Korbsesseln auf dem Balkon war sie sehr attraktiv und elegant eingerichtet. Von morgens bis abends von der Sonne angestrahlt und mit einem Panoramablick auf das Meer schenkte die Wohnung Urlaubszauber mit der erhofften Entspannung. Für ihre Urlaubstage mit Jan hielt Solveig diese Bleibe für deutlich besser, da freier und großzügiger als ein Hotelzimmer, wie es zunächst angedacht war.

Erschöpft von Flug und Busfahrt, die gut zweiein-
halb Stunden durch den Südosten Siziliens führte,
trafen die beiden am späten Nachmittag in Marina
die Ragusa ein und bezogen die Wohnung, die sie
in goldgelbem Licht empfing; sie ließen sich in die
Korbsessel auf dem Balkon fallen und lauschten bei
einem Glas sizilianischer Limonade dem Rauschen
der Wellen des Mittelmeers.

„Gefällt dir, was ich für uns gebucht habe?", fragte
Solveig, „oder willst du lieber in ein Hotel?"

„Es ist wunderbar", erwiderte Jan, „wie ich es nicht
für möglich gehalten habe."

„Willst du gleich an den Strand und baden? Oder
möchtest du erst deinen Koffer auspacken und etwas essen?"

„Du willst dich sicher gleich in die Fluten werfen.
Da mache ich mit."

„Genau", sagte Solveig, ging auf ihn zu und umarmte ihn, „zieh dir deine Badehose an. Mein roter
Bikini liegt ganz oben im Koffer. Kannst du mir den
bitte auspacken? Bademäntel liegen auf den Betten
im Schlafzimmer."

Keine zwanzig Minuten vergingen, bis sie vergnügt im Meer schwammen, das warm war und sie dennoch erfrischte; das war ein Urlaubsempfang, wie ihn sich Solveig wünschte und Jan noch nie erlebt hatte. Nach einer knappen halben Stunden Planschen, Spritzen und Um-die-Wette-Schwimmen stiegen sie Hand in Hand aus dem Meer und gingen in ihre Wohnung, um sich das Meersalz vom Körper zu duschen und ihre Koffer auszupacken. Anschließend aßen sie bei einem guten Glas Wein „Spaghetti Vongole" in einem Strandrestaurant bei untergehender Sonne.

„Ein großartiger Start unseres Urlaubs am Mittelmeer", freute sich Jan, „ich danke dir Solveig. Eine wundervolle Einladung, mit der du mich hoch beglückst!"

„Das freut mich, Jan. Dachte ich mir doch, dass es dir hier gefällt. Was willst du morgen machen? Lieber am Strand liegen? Oder etwas besichtigen?"

„Vielleicht beides", antwortete er, „aber lass uns das nicht jetzt, sondern morgen beim Frühstück besprechen."

„Ist in Ordnung", gab Solveig zurück, „für unser Frühstück müssen wir noch Butter, Kaffee, Milch und Marmelade besorgen. Croissants und Panini kaufen wir morgen früh bei dem Bäcker nebenan hier ...

Sie fanden noch eine Eisdiele, um sich mit Zitronensorbet zu verwöhnen, liefen sich am Strand noch die Spaghetti weg, die sie zu viel gegessen hatten und fielen dann in ihre Betten – so müde waren sie.

Jan wachte früh auf, da schlief Solveig noch. Die Morgensonne weckte ihn; er stand auf und kümmerte sich um das Frühstück. Solveigs Nachthemd sah er vor ihrem Bett liegen, als er das Schlafzimmer verließ; das erstaunte ihn. Warum hatte sie in der Nacht ihr rosafarbenes Rüschennachthemd ausgezogen? Das wollte er sie beim Frühstück fragen. Als er vom Bäcker zurückkam, saß Solveig bereits am Frühstückstisch.

„Guten Morgen, Solveig! Gut geschlafen? Das Frühstück ist beinahe fertig, nur der Espresso fehlt noch."

„Tausend Dank, Jan! Ja, ich habe gut geschlafen. Du auch, wie ich hoffe."

„Aber ja, ich habe bestens geschlafen", erwiderte er, „du hast dich offenbar nachts von deinem Nachthemd befreit. Wie kam es denn dazu?"

„Mir war es zu warm", gab Solveig zur Antwort, „außerdem schlafe ich lieber nackt. Da fühle ich mich besser."

„Das ist interessant", erwiderte er, „ich mache das nicht."

„Und warum?", fragte sie ihn, „schämst du dich, das zu machen? Versuche es mal! Du wirst es so angenehm finden wie ich; da bin ich mir sicher."

Jan ging darauf nicht ein. Sie wünschten sich ein gutes Frühstück, als der Espresso fertig in ihren Tassen war und aßen die leckeren Croissants und Panini.

„Nach dem Frühstück möchte ich gern wieder baden gehen", äußerte Jan, „was machen wir dann danach?"

„Ich könnte den ganzen Tag am Strand unterm Sonnenschirm liegen und immer wieder lange Pausen einlegen, um zu baden", griff sie seinen Vorschlag auf.

„Was gibt es denn hier zu besichtigen?", wollte Jan wissen, „das hattest du gestern angesprochen."

„Dieser Ort hat schöne Häuser des 19. Jahrhunderts um seinen Marktplatz herum und in den Seitenstraßen, die von dort abgehen. Auf einem längeren Spaziergang können wir uns das ansehen. Das wäre eine Unternehmung für heute Nachmittag", erklärte Solveig.

„Gibt es hier auch antike Tempelanlagen und Gebäude aus der Barockzeit wie Adelspaläste, Kirchen, Klosteranlagen und Rathäuser?", fragte er nach, „darüber habe ich mal in der Zeitung gelesen."

„Die Tempel sind weiter weg, etwa zwei Stunden mit dem Auto entfernt. Hier gibt es keine. Doch gut erhalten ist Ibla, das alte, barocke Ragusa, das wir mit dem Bus in einer guten Dreiviertelstunde erreichen", wusste sie.

Nach etwas Diskussion beschlossen sie, den Vormittag am Strand zu verbringen und nachmittags Marina di Ragusa zu entdecken. Wieder hatten sie viel Freude am Meer und schwammen nicht nur über die langen Sandbänke hinaus, sondern tobten und spielten dort auf einer Luftmatratze. Dass Jan so ausgelassen sein konnte, erstaunte Solveig. Sie war überzeugt, dass er sich mit seiner Disziplin viel versagte und sich zu oft zurücknahm, obwohl er nicht so „brav" war, wie er zu sein schien. Allerdings lernte sie, dass Strenge sich selbst gegenüber auch sein Gutes hatte und man sich deshalb nicht so schnell verzockte. Hatte er sie doch mit Sicherheit nackt in ihrem Bett gesehen und der Versuchung widerstanden, sich auf sie zu werfen, um sich an ihrem Körper zu verlustieren. Nicht anders war es am Strand, wo sie sich sehr nahekamen, aber Jan sich nicht wie ein Macho mit weißen Haaren an ihr vergriff. War das nicht der Partner für sie, der sie leben ließ und nicht als Spielzeug oder Schaustück missbrauchte? Solveig stellte fest, dass sie dabei war, sich in Jan zu verlieben.

Nachmittags ging es in Marina di Ragusa auf Entdeckungstour, die Jan mit einer Einladung zu einem großen Eisbecher mit gutem Kaffee startete. Sie hatten sich in ein romantisch ausgestattetes Café gesetzt, das in einem alten Stadtpalais Marina di Ragusas lokalisiert war. Das Eis wurde in schweren

Kristallkelchen mit Goldrand serviert und der Kaffee aus Porzellangeschirr getrunken, das mit Blumen bemalt oder mit Laub und Pflanzengirlanden verziert war. Auf den Zweiertischchen lagen bestickte Tischdeckchen mit Spitzenrändern. Bezogen mit rotem Samt standen Sessel, aus dunklem Holz gefertigt, paarweise um die kleinen Kaffeetische herum. Als sie die Lokalität betraten, waren sie die einzigen, die eine Kaffeemahlzeit einnehmen wollten. An dem Tisch, der mitten in dem großen Raum stand und mit einer Glaskuppel überdacht war, nahmen sie Platz und studierten, was in ihren Reiseführern über die kleine Stadt zu lesen war. Bereichert mit allerlei Informationen zur Geschichte Marina di Ragusas und verwöhnt von Eis- und Kaffeespezialitäten, wie sie nur auf Sizilien zu finden sind, machten sie sich auf den Weg durch die ehemalige Hafenstadt Ragusas. Der Hafen war lange Zeit das Zentrum Marina di Ragusas gewesen, bis es als Tourismus- und Urlaubsort florierte.

Solveig hatte die Ausführungen des Reiseführers über die Stadt gleichsam in sich aufgesogen und führte Jan durch die Straßen, als sei sie Expertin der Architektur- und Kunstgeschichte des 19. Jahrhunderts. Zugleich phantasierte sie ihn und sich als Bewohner in die prächtigen Häuser hinein; das stärkte das Selbstwertgefühl und ließ vor allem träumen. Er bewunderte den Charme, mit dem sie ihre erworbenen Kenntnisse über das kulturelle Kleinod ihm zu vermitteln verstand. Das hatte er nicht für möglich gehalten, als sie von Besichtigungen sprach und ein seriöses Interesse an der Kultur rundherum zu erkennen gab. Hätte er am Morgen noch ihre Bettdecke zurückschlagen und Solveig wie ein Escort-Girl vernaschen können, erschien sie ihm nun als Dottoressa, die ihn über Kultur und Kunst seines Urlaubsorts in Sizilien aufklärte. Die Begeisterung und die Lust, mit der sie ihn unterrichtete, weckten seine Freude an der Führung und beeindruckten ihn. Was für eine erstaunliche Person war sie, die ihm mit Solveig begegnet war und ihn seither begleitete? Dass sie von ihm mehr über das Leben wissen wollte, und er von ihr die Einladung zu einem anderen, besseren Leben erhielt, das konnte er kaum fassen und hatte er – nun schon ein paar Jahre Rentner – auch nicht mehr erwartet. Das war so beglückend, einfach wundervoll! Hätte er den Augenblick abwarten sollen, als Solveig heute Morgen wie eine Venus von Botticelli den Wogen ihrer Bettdecke entstieg? Aber wahrscheinlich wäre das für ihn zu viel gewesen, und er hätte sich dann furchtbar schlecht gefühlt. Doch für die Worte, die sie für ihre Führung durch Marina di Ragusa fand, hätte er sie küssen können.

Den nächsten Tag verbrachten sie von morgens bis abends am Strand. Jan las einen Krimi, den er mitgenommen hatte. Solveig studierte eine Broschüre über große und kleine Kirchen im Südosten Siziliens und den Reiseführer über Ragusa-Ibla. Denn am Tag drauf sollte es dorthin gehen; da wollte sie Jan nicht etwas zeigen, sondern ihm auch erklären können, was er dort sah. Doch das Baden kam nicht zu kurz. Stets wuchs die Begeisterung an dem warmen Wasser und den leichten Wellen. Mal plantschten sie auf einer Luftmatratze oder spielten mit einem Ball. Ab und zu wurde es auch sportlich. Dann schwammen sie um die Wette. Jan überraschte als guter Schwimmer, der sich sogar mit Solveig messen konnte.

„Hast du viel Sport gemacht, als du jünger warst?", fragte Solveig, „du bist so fit, dass ich mich nur wundern kann. Um dich beim Wettschwimmen zu schlagen, muss ich mich regelrecht anstrengen."

„Als Student war ich im Hochschulsport und habe Handball und Volleyball gespielt. Meine Mannschaft war ganz vorne in den Meisterschaften der Unis und Fachhochschulen. Wenn ich keinen Mannschaftssport machte, bin ich geschwommen und habe mich manchmal am Turmspringen versucht. Das hat mir Spaß gemacht."

„Hast du viel trainiert und auch Kraftsport gemacht?"

„Na, selbstverständlich. Ich wollte immer ganz fit sein, um zu beweisen, dass auch Sesselfurzer, wie ich mich oft nennen lassen musste, sportlich sein können."

„Erstaunlich", sagte Solveig, „was bist du für ein Mensch, süßer, alter Mann, der eigentlich gar nicht alt ist!"

„Eine Frage habe ich", äußerte Jan, „warum haben beinahe alle Strandbesucher Sonnenschirme in ihren Liegeplatz gesteckt, und zugleich stehen viele im Wasser und plaudern?"

„Diese Farbenpracht der Sonnenschirme ist putzig, kaum gleicht einer dem anderen", fand Solveig, „hier sind so viele Menschen am Strand, dass eine

Menge Schirme gebraucht werden, auch wenn viele nur im Wasser stehen. Da setzen sie sich ‚ihre Blumen'."

„Das klingt plausibel", stimmte Jan ihr zu, „diese Liebe zu den Farben ist einzigartig."

Um die Mittagszeit gab es wieder „Spaghetti Vongole" und einen guten Weißwein. Anschließend machten die beiden als Dessert eine ausführliche Siesta am Strand im Liegestuhl unterm Sonnenschirm.

„Kannst du mir bitte mal den Rücken mit Sonnenmilch eincremen?", bat ihn Solveig, machte den Liegestuhl flach und legte sich auf den Bauch, „ich reibe dir auch den Rücken ein."

Sie genoss Jans Hände auf ihrem Rücken wie er dann ihre Hände auf seinem schätzte. Dann las er seinen Krimi weiter. Solveig setzte ihre Vorbereitungen für den Besuch von Ragusa-Ibla fort. Am späten Nachmittag gingen sie mit Meersalz und Sonnencreme auf der Haut in ihre Wohnung, wo sie sich duschten und sich für den Abendspaziergang anzogen. Essen wollten sie eine Pizza in einer Trattoria und ein Eis in einem Restaurant auf dem Marktplatz. Dort konnten sie mit großem Vergnügen das Treiben der Stadtbewohner und der Touristen auf dem Platz verfolgen – ein wahres Schauspiel. Am nächsten Tag wollten sie nach Ragusa-Ibla fahren und mussten rechtzeitig aufstehen, um für den Bus dorthin pünktlich an der Haltestelle zu sein.

Barock

Als roter Ball erhob sich die Sonne aus dem Meer und färbte den Morgen in einen rötlichen Goldton, der sich von Minute zu Minute aufhellte und in ein weißes Gelb überging. Erste Sonnenstrahlen kitzelten die Natur und weckten den einen oder anderen, der bis dahin noch schlief. Die Vögel waren schon wach und füllten die Lüfte mit Flattern und Zwitschern. Jan hatte die Vorhänge im Schlafzimmer nicht zugezogen, um sich von der aufgehenden Sonne wecken zu lassen; es war noch früh am Tag, aber früh wollten sie sich auf den Weg zur Bushaltestelle machen. Solveigs Körper, der unbedeckt war, wurde in das Rotgold der Sonne getaucht. Ihr langes, blondes Haar verteilte sich auf ihrem Kissen, als trage sie einen Kranz: Aphrodite im Schlaf, die Arme und Beine wohlproportioniert, wie in Bronze auf das Laken gegossen. Der Anblick Solveigs verschlug Jan fast die Sprache. Doch noch im Schlafanzug griff er nach ihrer rechten Hand, küsste sie und flötete ihr leise und einfühlsam ins Ohr:

„Solveig, wir wollen früh aufstehen. Mit unserem Frühstück bin ich gleich fertig. Ich gehe noch rasch zum Bäcker, um uns Croissants und Panini zu holen – auch für unterwegs."

So tat es Jan auch und, als er mit einer Tüte voller Frühstücksgebäck wieder zurück in die Wohnung trat, stand Solveig in der Wohnküche und wünschte ihm einen „Guten Morgen". Angelegt hatte sie ein enges, knallrotes Seidenkleid und einen mit Stoffblumen verzierten Strohhut; darunter rollte lasziv ihr zum Zopf gebundenes, blondes Haar hervor. Einen breiten, schwarzen Ledergürtel hatte sie angelegt und die Füße in goldene Pumps auf Plateausohlen gesteckt. In dem geschlossenen, ärmellosen Kleid aus rotem Seidenstoff wippte Solveigs beachtliche Oberweite.

„Willst du so auf Exkursion nach Ragusa-Ibla gehen?", wollte er wissen, komplett von ihrem Auftritt geflasht.

„Ibla ist ein Highlight des sizilianischen Barocks. Um angemessen gekleidet zu sein, ist ‚alta moda' der Postmoderne unerlässlich. In T-Shirt und Jeans macht mir aber der Besuch dieses großartigen und umfassenden Barockdenkmals keinen Spaß", erklärte sie, „da muss und will ich mir was Stylishes anziehen, was in dieses Ambiente hundertprozentig passt."

„Soll ich mich entsprechend kleiden?", fragte Jan, „allerdings habe ich nicht so viel Mode wie du dabei."

„Das hellblaue Jackett mit der weißen Hose und schwarze, spitze Lederhalbschuhe genügen doch. Einen Borsalino und eine farbige Patchwork-Krawatte werden wir auf dem Weg nach Ibla noch kaufen", schlug Solveig vor, „unsere Sonnenbrillen dürfen wir auf gar keinen Fall vergessen."

So elegant in Schale geworfen, trafen sie in Ragusa-Ibla ein. Vom Bus aus hatten sie die Stadt auf dem breiten Bergrücken gesehen. An dessen Abhang hing manches Haus wie ein Schwalbennest. Nach einem Erdbeben Ende des 17. Jahrhunderts war das alte Ragusa komplett zerstört, wurde aber im Stil des Barocks wieder aufgebaut mit zahlreichen prächtigen Kirchen und vielen repräsentativen Palazzi der Oberschicht. Diese Wiederherstellung des alten Ragusas gaben Reichtum und Wohlstand unmissverständlich zu erkennen, was die nahezu vollständig erhaltene Barockstadt eindeutig belegt.

Enge Straßen, die von herrschaftlichen Gebäuden gesäumt werden, und Treppen, die steile Abschnitte überbrücken, führen in das Zentrum Iblas, das einen großen Platz und eine vergleichsweise breite Straße schmückt, die in die Freitreppe der Kirche San Giorgio mündet. Zugleich finden sich hier das Rathaus, eine Freimaurerloge, das Kloster „Convento Antico" am Ende der Straße in einem Garten, Brunnen, Parkanlagen, Geschäfte, Restaurants und vielerlei anderes, was die barocke Stadt bereichert.

Der Weg ins Zentrum strengte Jan und Solveig an; dazu trugen die Suche nach dem richtigen Weg in einem Labyrinth von Gassen und Wegen wie auch die Hitze des Sommers bei. Doch nach ungefähr einer dreiviertel Stunde, die sehr fordernd war, öffnete sich das Häusermeer zum Platz hin; von dort aus führte die breite Freitreppe zum Dom von San Giorgio, um zu der hochgelegenen Kathedrale aufzusteigen und dabei mehr und mehr über das stolze Ragusa-Ibla zu blicken.

Solveig und Jan schritten die Treppe hinauf. Nach der guten Hälfte ließ sich Solveig auf die Stufen fallen, was einem Sturz glich, und floss gleichsam über die weißgrauen Steine mit ihrem roten Kleid, als ströme Blut die Treppe herunter. Von etwas weiter weg erschien ihr mit roter Seide eingeschlagener Körper wie eine Wunde, die aus den Quadern der Stufen hervorbrach. Jan, erst starr vor Schreck, beugte sich über sie und hob sie auf, als sei er ihr Retter. Mit Solveig auf beiden Armen stieg er die verbliebenen Treppenstufen hinauf und legte sie wie ein Opfer vor das offene Portal des Doms, um sie zu reanimieren, wie es schien.

Minuten später schlugen, als sei es abgestimmte Regie, die Glocken San Giorgios und aller Kirchen Ragusa-Iblas die Mittagsstunde. Solveig erhob sich, bewegte sich langsam mit Jan an der Hand in den Innenraum der Kathedrale und ging durch ihr Mittelschiff auf den Hochaltar zu, der sich in einem Chorraum mit dunkelrot ausgeschlagenen Wänden befand. Der blumenverzierte Strohhut war auf der Treppe liegengeblieben, als bezeuge er den Zusammenbruch Solveigs.

Kaum hatten sie und Jan die Stufen des Hochaltars erreicht, schien sie unter einer gewaltigen Welle von Orgelklängen erneut zusammenzubrechen. Doch sie ging nur auf die Knie und beugte ihr Haupt, um glaubhaft den Eindruck zu erwecken, dem Schöpfer zu danken, der ihr Jan als Retter geschenkt hatte. Mit in die Höhe gereckten Armen und ringenden Händen bat Solveig anscheinend den Erlöser und alle Erzengel, ihr Jan, der so viel älter war als sie, so lange wie möglich am Leben zu erhalten. Als dieser sie plötzlich in Tränen ausbrechen sah, erschrak er.

„Was kann ich für dich tun?", fragte Jan sie bewegt.

„Jan, du lebst?", schrie sie erregt in den Kirchenraum, als die Orgel bei einer Fermate verstummte, „soeben befiel mich das Bild, dass du für immer von mir gegangen seist – was für ein Schreck!"

Solveig stand auf, warf sich an seine Brust und trocknete ihre Tränen an Jans Jackett.

Mittlerweile war der Dom von San Giorgio voller Menschen, aber noch immer strömten weitere Besucher in den Kirchenraum, um das Schauspiel dort zu erleben. In der vordersten Reihe gab es allerhand

Blitzlichtgewitter, um die Fotos von Jan und Solveig zu belichten, deren Kleid auf Höhe der Oberweite zerrissen war. Etwas entfernt erschienen die losen Fäden der roten Seide erneut wie Blut, das aus einem verletzten Busen hervortrat. Das war allerdings ein Trugschluss, wie bei näherer Betrachtung klar zu erkennen war.

„Geht es Ihrer Frau wieder gut?", fragte ein Journalist, der sich zu Jan gedrängelt hatte.

Jan, der nicht von dem Weg abweichen konnte, den Solveig mit ihrer „Oper" begonnen hatte, antwortete:

„Meine Frau ist nicht verletzt, aber mitgenommen von dem Schock, den der Sturz auf der Treppe verursacht hat. Sie ist nun dabei, sich davon zu erholen. Grund zur Sorge haben wir glücklicherweise nicht."

So ging der Vorfall in die Presse, ins Radio und ins TV.

Als Solveig am Arm von Jan verhärmt und mit verweinten Augen den Dom verließ, bot der Betreiber des 5-Sterne-Hotels vor Ort den beiden freie Kost und Logis für zwei Tage an, um sich von dem Vorfall zu erholen, der sie so tragisch getroffen hatte. Dieses Angebot nahmen Solveig und Jan gerne an und verbrachten eine inspirierende, schöne Zeit in dieser wunderbaren, originalen Barockstadt.

„Was hatte es mit dem Theater auf sich, das du in San Giorgio zum Besten gegeben hast?", hatte Jan gefragt, als sie mit dem Bus wieder nach Marina di Ragusa zurückfuhren. Eine Antwort darauf hätte er gern schon in Ragusa-Ibla bekommen. Aber er hatte sich nicht getraut, Solveig danach zu fragen. Zu ergriffen vom Zauber ihres Auftritts wirkte sie nach dieser „Oper" auf ihn. Doch im Bus zurück dürfte es damit vorbei sein, vermutete er.

„Barock", war ihre Antwort, „ich bin sehr überzeugend in diese Welt eingetaucht. So habe ich dir und vielen anderen das barocke Ragusa-Ibla lebendig vermittelt und davon faszinieren können, so dass alle äußerst berührt und darin einbezogen waren. Vor langer Zeit hat so etwas einmal tatsächlich stattgefunden; das habe ich in der Broschüre über barocke Kunst gelesen – es sei denn, dass auch dies eine ‚Oper' war, wie du meinen Auftritt bezeichnest.

Aber ich habe dir Barock offenbar nahegebracht und du hast mitgemacht, Jan. Dafür danke ich dir von ganzem Herzen."

„Nichts zu danken hast du, Solveig. Zu danken habe doch vielmehr ich. Sehr stolz war ich, mit dir zusammen aufzutreten, als ich spürte, wie die Menschen, die sich im Dom von San Giorgio befanden, auf uns reagierten. In einem sehr viel kleineren Umfang habe auch ich die Menschen angesprochen. Eine solche Wirkung auszulösen, tut mir gut und ist auch für mich ein Erlebnis, obwohl es viel kleiner war als die Gefühle, die du geweckt hast und uns zwei Tage zum Besichtigen und Flanieren dort schenkten."

„Als du mich die Treppe hinaufgetragen hast, habe ich mich auf deinen Armen so wohl gefühlt, ja so beschützt. Hast du das gern gemacht? Oder war ich nur eine Last für dich?"

„Du – für mich eine Last? Aber nein, Solveig! Stark fühlte ich mich, als ich dich auf meinen Armen trug, und um Jahrzehnte meines Lebens zurückversetzt …", ganz plötzlich schienen Jan die Worte zu fehlen, um ihr mit allerhand Pathos mitzuteilen, wohin zurückversetzt in sein Leben er sich mit diesem Part ihrer „Oper" gefühlt hatte.

Doch wollte Solveig mehr wissen.

„Wie hat es sich angefühlt, als du gefragt wurdest, wie es mir gehe, und du von deiner Frau sprachst? Ist dir das leicht gefallen?"

Jan antwortete darauf nicht. Als sie ihn ansah, hatte Solveig den Eindruck, dass er Tränen in den Augen hatte und in sich hineinweinte. Dachte er an seine Frau, die vor einigen Jahren gestorben war und die er nun mit ihr betrog?

Ein Fest

Als die beiden am nächsten Tag beim Frühstück saßen, hatte Jan auf dem Balkon gedeckt und einen
großen Blumenstrauß in die Mitte des Tischs gestellt, der für viel Farbe sorgte. Solveig hatte ihre
Haare hochgesteckt, um sie zu trocknen, und war in
ein großes, weißes Frotteehandtuch eingewickelt,
aus dem der Duft von Giorgio Armani „Sì intense
black" strömte. Sie lächelte, als sie den Strauß sah,
schlug das Handtuch zurück und hielt sich die bun-
ten Blumen vor die Brust.

„Besten Dank, Jan! Was hat dich denn dazu
gebracht, unseren Frühstückstisch so zu schmü-
cken?", fragte sie – steckte die Blumen wieder in die
Vase, die etwas zu klein war, und wickelte sich erneut in ihr Handtuch ein.

„Ein kleines Dankeschön! Denn mein Urlaub hier
mit dir wird bald zu Ende sein", antwortete er etwas betrübt.

„Wie liebenswürdig! Aber dass unser Urlaub morgen zu Ende geht, muss überhaupt nicht sein."

„Die Woche, die du mir geschenkt hast, ist doch übermorgen rum."

Solveig lächelte vielsagend und sah ihn an.

„Diese Ferienwohnung habe ich optional drei Tage zusätzlich für uns gebucht. Dass wir uns hier drei Tage länger aufhalten, wäre kein Problem, deinen Rückflug zu verschieben auch nicht. Hast du mehr Lust auf Mittelmeer als nur eine Woche?"

„Da bin ich gern dabei", rief Jan beglückt.

„Darüber freue ich mich", äußerte Solveig und umarmte ihn begeistert.

Jan küsste sie auf ihre Wangen.

„Finden wir noch Gelegenheit zum Tanzen?", wollte er wissen, „das wäre wunderbar."

„Morgen Abend findet ein Fest auf dem Marktplatz statt mit vielen Buden und wunderbarer Musik. Hast du die Plakate nicht gelesen?", fragte sie ihn.

„Habe ich nicht. Aber du wirst es wissen. Dieses Fest bietet die Möglichkeit, dass wir tanzen. Das freut mich riesig."

Noch immer saßen sie am Frühstückstisch, obwohl sie mit Frühstücken fertig waren, nun aber der prallen Sonne ausgesetzt waren. Jan war ganz aufgeregt, aber glücklich darüber, dass er länger mit Solveig am Mittelmeer bleiben konnte als vorgesehen. Für ihn war es wundervoll, mit diesem wunderbaren Menschen, mit dieser Frau gemeinsam unterwegs zu sein, seinen Gefühlen freien Lauf zu lassen und nicht stets so streng zu sich selbst zu sein. Irgendwie hatte er sich in sie verliebt oder schätzte ihre Gegenwart an diesem Ort und in dieser Wohnung über alles.

„Lass uns jetzt rasch zum Strand gehen und baden, um den ganzen Tag auf einer Liege und im Wasser voll zu genießen", rief er ihr zu.

Schnell räumten sie den Frühstückstisch auf und packten alles für den Strand in einen Korb. Solveig zog sich ein bunt gestreiftes Strandkleid an und vergaß ihr Bikinioberteil, was sie feststellte, als sie schon außer Haus und fast am Strand war. Sollte sie das Teil noch aus der Wohnung holen, fragte sie sich. Aber sie kam zu dem Ergebnis, dass dies nicht nötig sei. Denn Jan, der immer jünger zu werden schien und ihr jeden Tag ein wenig näherkam,

würde das schon verkraften. Dass er es fertig-
brachte, jede Nacht mit ihr in einem Bett zu liegen,
wo sie mit bloßem Körper schlief, ohne über sie her-
zufallen, beeindruckte sie. Jan war nicht der
Mensch, dem es ums Vögeln ging, ihm ging es um
sie und ihre Nähe. So empfand sie für ihn von ihrer
Seite auch und war darüber glücklich.

Die Vorbereitungen auf das Stadtfest in Marina di
Ragusa liefen auf Hochtouren. Große Lastwagen
mit den Aufbauten für die Bühne und der Musikan-
lage fuhren bereits am Vormittag in die Stadt. Auf
der Bühne, die sich auf der Nordseite des Markt-
platzes befand, sollte ein Orchester für alle Formen
von Tanz und musikalischer Unterhaltung spielen.
Auf einem der Bühne vorgelagerten, großen Podest
konnte etwas erhöht getanzt werden. Ab Mittag
rollten viele Buden ein, die von der Mitte des Platzes bis zu seiner Südseite hin in vier Doppelreihen
aufgestellt wurden. Nach Osten hin standen über-
wiegend Buden für den Verkauf von Keramik, Klei-
dern, Schmuck, Spielzeug und jeder Menge
Schnickschnack. Auf der Seite gegenüber nach Wes-
ten erstreckte sich eine leckere Ess- und Trinkmeile
mit zahlreichen sizilianischen Spezialitäten und

ebensolchen Weinen. Eine wunderbare Festumgebung mit großer Vielfalt wurde dort aufgebaut. Auch die Häuser rund um den Marktplatz wurden mit Blumengirlanden, Fahnen und farbigen Stoffbahnen geschmückt. Über die Straßen wurden Transparente mit Sprüchen und Wappen gespannt; an deren Rändern flatterten farbige Bänder in einem leichten Abendwind. Um zwanzig Uhr sollte das Fest mit einem Grußwort des Bürgermeisters von Marina di Ragusa beginnen. Und in etwa kam es auch so …

Auch Solveig und Jan widmeten sich ihren Vorbereitungen auf das Fest. Für sie stand die Tanzgarderobe im Mittelpunkt, die Solveig reichlich und Jan bescheiden, aber mit sicherem Instinkt ausgewählt, in ihren Koffern hatten. Jan zog seinen weißen Frack mit einer ebenfalls weißen Hose und spitzen, flachen Lederschuhen an – für eine Tanzveranstaltung bei Nacht im hellen Flutlicht die passende Bekleidung. Die unlängst gekaufte Patchwork-Krawatte bewirkte ihr Übriges.

Solveig trug ein rosafarbenes Kleid, schulterfrei, lang mit Falten bis hin zur Hüfte und das Mieder mit Goldfäden durchwirkt. Höhepunkt ihrer Garderobe war ein Zylinder, der mit silbernem Stoff bezogen war und im Flutlicht blitzte. Ihre Füße hatte sie in rote Ballettschuhe eingeschnürt, die zum Tanzen bestens geeignet waren.

Die beiden wirkten wie ein Hochzeitspaar in ihrem streng gestylten Aufzug und erregten schon auf ihrem Weg zum Marktplatz jede Menge Aufsehen. Dies erfolgte auch aufgrund ihres Auftritts, vor allem wegen des Zylinders von Solveig und ihres rosafarbenen Kleides, aber auch weil sie auf dem Weg zum Marktplatz ihre Tänze einübten. Den Takt dafür gab die Musik in den Straßen vor, die die Festbesucher in unterschiedlicher Weise begleitete: Mal waren es kleine Bands oder einzelne Sänger, die flotte Stücke zum Besten gaben oder bekannte Lieder. Oder es waren kleine Musikanlagen, die in den Fenstern der Häuser lagen oder von einzelnen Menschen oder Gruppen auf der Straße aufgebaut worden waren, um zu Ausgelassenheit beizutragen und die Stimmung zu steigern.

Dieser Potpourri kam Solveig und Jan gerade recht und begleitete sie sehr willkommen. Meistens war auf den Straßen genügend Platz, um Walzer, Foxtrott und Samba zu tanzen. Dass dies Erstaunen auslöste, überraschte nicht. Nach links und rechts winkend, trafen sie auf dem Marktplatz ein und wurden lebhaft bejubelt, als Solveig ihren Zylinder in die Höhe warf und sicher wieder auffing. Eine Gasse in der Menge wurde gebildet, damit das Glamourpaar seinen Weg zum Podest fand. Sämtlichen jungen Männern verdrehte Solveig den Kopf; sie lachte und verteilte hemmungslos Handküsse, als seien sie und Jan hoher Besuch, der das Stadtfest aufwertete.

Mit einer halben Stunde Verspätung begrüßte der Bürgermeister die Gäste des Festes mit feurigen Worten, sang ein Loblied auf Marina di Ragusa und dankte allen Budenbetreibern und Organisatoren für ihren großen Einsatz zum Gelingen des Events. Dann füllte sich das Podest mit denjenigen, die nach langem Warten endlich tanzen wollten. Dunkel war es inzwischen geworden, Flutlicht hellte die Tanzfläche auf, das Orchester fing mit viel Rhythmus und noch mehr Schwung zu musizieren an. Eine große Menschenmenge freute sich dicht gedrängt am Tanzen. Solveig und Jan waren noch nicht dabei; sie stärkten sich noch mit sizilianischen Spezialitäten und hofften auf mehr Raum auf dem Parkett, um genügend Platz zum Tanzen zu haben.

Nach einer guten Stunde war es dann so weit, dass sie einen beflügelnden Walzer tanzen konnten. Zunächst waren noch Paare mit ihnen auf der Tanzfläche. Doch bald sahen sie sich allein über die Bretter fliegen. Das Publikum stand dicht um das Podest herum und war von Solveigs und Jans Eleganz fasziniert: Die beiden schienen im Flutlicht zu schweben. Beifallsstürme brachen nach der dritten Walzerrunde frenetisch los. Beim nächsten Tanz, einem Cha-Cha-Cha, war das umstehende Publikum nicht mehr zu halten, klatschte und sang von Anfang an mit. Als das Tanzorchester dann Songs von Gianna Nannini und Eros Ramazotti spielte, gerieten die Zuschauer von Solveig und Jan in Ekstase, während die beiden im Dreier- und Vierertakt das Parkett überflogen und die Stimmung des Festes in den Himmel hoben. Dabei hatte sich die Tanzfläche deutlich vergrößert, da nun auch direkt auf dem Marktplatz getanzt wurde, Solveig und Jan sich dagegen allein auf dem Podest bewegten, um das Festpublikum mit ihren Tanzkünsten zu begeistern.

Nach einer Stunde ununterbrochener Tanzbewegung waren sie aber mit ihrer Kraft am Ende, allerdings so euphorisiert, dass sie sich in der Mitte der Tanzfläche im Licht der Scheinwerfer und unter rasendem Beifall des Publikums küssten und sich aus ihrer Umarmung kaum mehr lösen konnten. War das Liebe, die beide empfanden? Das konnten sie auf dem Parkett nicht beantworten.

Ein weißer Ferrari bahnte sich seinen Weg durch die Menschenmenge zu Solveig und Jan. Der Bürgermeister stieg auf der Beifahrerseite aus und fragte die beiden, ob er sie zu einem späten Dinner einladen dürfe. Aber dafür waren sie zu erschöpft und baten ihn, sie in ihre Wohnung zu bringen. Dort tranken sie auf dem Balkon noch eine Flasche Champagner mit seiner Frau und ihm, erzählten sich gegenseitig von Abenteuern, Erlebnissen sowie großen und kleinen Katastrophen und fielen in ihr gemeinsames Bett, nachdem sich der Bürgermeister von ihnen verabschiedet und den Ferrari mit aufheulendem Motor gestartet hatte, den ihm ein Bekannter für den Transport des Glamourpaars geliehen hatte. Noch immer fühlten sich Solveig und Jan auf Wolke 7 des Festes und schliefen bald tief und fest.

Wieder zurück?

Was für eine Frau – eine wie Solveig? Was für ein Mann – einer wie Jan? Was für ein Urlaub? Was für ein Fest? Ist die Zeit der „Highlights" vorbei, der unerwarteten Abenteuer wie die entdeckten Empfindungen der Harmonie, der Jugend, des Spiels, des Rausches, der Zuwendung – ja, der Liebe überhaupt? Wieder zurück und vorbei? Oder wie neu und weiter so? Solveig wollte von Jan mehr vom Leben wissen, doch eigentlich die Liebe verstehen. Jan glaubte die Liebe verstanden zu haben und wurde von Solveig mit einem neuen Leben überrascht. So sind sie zusammengekommen, so sind sie vom Urlaub beschenkt worden – und nun? Sie waren wieder zurück. Jan war fünf Tage vor Solveig zuhause. Doch was sie dort vorfanden, war ihnen fremd.

Solveigs Vater hatte danach gefragt, wer Jan sei, mit dem sie zusammen im Urlaub war. Ein Geschäftskollege war Zeuge ihres Zusammenbruchs auf der Treppe des Doms von San Giorgio in Ragusa-Ibla und hatte verfolgt, wie Jan sie zum Portal der Kirche getragen hatte. Das habe zwar den Anschein erweckt, dass Jan sie beschützte und sie deshalb im Auge hatte. Doch wie sich vor dem Altar herausstellte, hatte er als Beschützer offenbar etwas ganz anderes im Auge.

„Hast du dich in deinem Urlaub verlobt?", wollte der Vater von ihr wissen, „war das der Grund des gemeinsamen Urlaubs mit diesem alten Mann? Erwartest du etwa ein Kind von ihm, das dich dauerhaft an ihn bindet?"

Eine Kollegin ihrer Mutter, die auch in Marina di Ragusa im Urlaub gewesen war, hatte auf dem Fest der Stadt die beiden tanzen gesehen, wie sie es noch nie erlebt habe. Es soll eine richtige Show gewesen sein, wie sie über das Parkett geflogen waren und sie ein weißer Ferrari dann abgeholt hatte.

„Hat dich der Alte, den du Jan nennst, zur Mafia gebracht?", fragte der Vater Solveig wütend, „ist der ein 'Loverboy' in Rente, auf den du dich eingelassen, mit dem du dich, mehr noch, verlobt hast? So sieht es jedenfalls aus. Bist du denn vollkommen wahnsinnig, dass du dich so verkaufst? Das ist doch ein Zuhälter, der mit dir viel Geld verdient oder dich grün und blau schlägt."

Die Vermutungen ihres Vaters verschlugen Solveig die Sprache. Für das, was er vermutete, gab es doch keinerlei Anhaltspunkte. Was war passiert, dass er ihr unterstellte, sich heimlich mit Jan verlobt zu haben, der in Wahrheit ein Zuhälter sei? Sie verließ ihr Elternhaus und ging zu ihrer Wohnung, um dort in aller Ruhe mit Jan zu telefonieren. Aber das Schloss ihrer Wohnung war ausgetauscht worden, so dass sie dort keinen Zugang mehr hatte. So versuchte sie, Jan mit dem Handy von der Straße aus zu erreichen.

Für Jan war es zunächst schwer gewesen, nun wieder alles allein für sich zu machen; das begann mit dem Frühstück. In der kurzen Zeit, während der er mit Solveig im Urlaub war, hatte er sich rasch daran gewöhnt, mit einem Menschen, den er sehr schätzte, gemeinsam den Tag zu verbringen und sich darüber auszutauschen, was als nächstes gemeinsam geplant und unternommen wird. Mit seiner Frau war ihm ein solcher Umgang miteinander vertraut gewesen. Aufgrund ihres unerwarteten

Todes vor drei Jahren war er in die Situation geraten, darauf verzichten zu müssen. Mit Solveig eröffnete sich ihm ein ganz neuer Horizont, der während des Urlaubs mit ihr zu seinem Glück deutlich näher rückte.

Große Beunruhigung hatte ein Brief bei ihm ausgelöst, der ihn mit dem Vorwurf erreichte, Solveig missbraucht zu haben. Das Schreiben, das keinen Absender trug und ein paar Tage nach Solveigs Rückkehr in seinem Briefkasten lag, drohte ihm mit ernstzunehmenden Konsequenzen, wenn er von Solveig nicht umgehend ablasse. So hieß es, dass er sich für Solveigs Urlaub als einer ausgab, der sie beschütze, sich tatsächlich aber als Zuhälter erweise, der sie in diesem Urlaub keineswegs einvernehmlich zu einer Verlobung genötigt habe – ein in der Tat krimineller Vorgang oder sogar ein Verbrechen, das jeden Respekts vor menschlicher Würde entbehre – da helfe auch kein Ferrari, noch Geschenke vergleichbarer Art. Aber man wisse sich zu wehren und werde auch ein Verfahren anstrengen, das diesem Spuk ein Ende setze. Von daher empfehle sich, dass er Solveig nicht mehr begegne und die Verlobung umgehend auflöse, die allem Anschein nach gegen ihren Willen mit ihr geschlossen worden sei.

Solveig sei schwer traumatisiert und emotional verletzt; sie werde er ab sofort nie mehr zu Gesicht bekommen.

Jan vermutete, dass ihm entweder ihr Vater selbst oder dessen Rechtsbeistand diesen Brief zugestellt hatte und er entgegen aller Erwartung nun zur „persona ingrata" geworden war. War er das auch für Solveig und hatte auch sie von ihm Abstand genommen? Dass sie ihm in dieser Form eine Abfuhr verpassen würde, hätte ihn äußerst erstaunt. Oder übernahmen da ihre Eltern, vor allem die Mutter, die um ihre Tochter fürchteten und wie auch immer von den Ereignissen erfahren hatten, die sich in Marina di Ragusa und Ragusa-Ibla zugetragen hatten. Deshalb glaubten sie nun, ihre Tochter Solveig wie unter einer Käseglocke vor weiteren Fehltritten oder Gefährdungen schützen zu müssen. Jan hoffte auf eine Gelegenheit, mit Solveig darüber sprechen zu können.

An einem der folgenden Tage ging Jan im Park spazieren; es war ein Mittwochnachmittag. Im Park waren Eltern und Kinder, Rentnerinnen und Rentner und alle diejenigen, die mittwochs ihren freien

Tag haben. Plötzlich klingelte sein Handy; es war Solveig. Jan nahm ab.

„Wir haben uns noch gar nicht gesehen, seit du aus Sizilien wieder zurück bist", sagte er zu ihr, „wie geht es dir?"

„Seit drei Tagen bin ich wieder zurück und habe schlimme Probleme mit meinem Vater", antwortete sie, „er wirft mir vor, dass ich mich von dir abhängig gemacht und mich unter Zwang mit dir verlobt habe, einem schlechten Menschen, der nun mein Zuhälter sei. Ich bin entsetzt. Das Türschloss meiner Wohnung hat er austauschen lassen; ich komme da nicht mehr hinein und soll es auch nicht, sondern werde genötigt, bei meinen Eltern zu wohnen, die mich bewachen. Kann ich zu dir in deine Wohnung kommen, um noch mehr und näher zu berichten, was gerade abgeht?"

„Wir können uns gerne austauschen. Mich hat ein Brief ohne Nennung des Absenders erreicht, der mir zu allem schwere Vorwürfe macht, was du mir soeben von deinem Vater berichtet hast. Sehr ernstzunehmende Konsequenzen werden mir angedroht, wenn wir wieder miteinander zusammentreffen. Ich gehe davon aus, dass dein Vater dieses

Schreiben veranlasst hat. In deiner Wohnung können wir nicht zusammenkommen, in meiner Wohnung sollten wir davon absehen. Möglicherweise werden wir beobachtet oder sogar verfolgt. Besser wäre, wenn der Park unser Treffpunkt ist. Können wir uns in etwa einer halben Stunde auf einer Bank am Teich treffen? Der Park ist gut besucht; so einfach wird es nicht sein, uns dort zu finden."

Solveig stimmte zu und stellte mit trauriger Stimme fest, dass sie und Jan wieder zurück seien.

„Ja, wir sind tatsächlich wieder zurück", bedauerte er genauso.

Was jetzt?

Bei ihrer Zusammenkunft im Park tauschten sich Solveig und Jan über die Vorwürfe von Solveigs Vater aus, die er gegen sie beide erhoben hatte. Als Motive erkannten sie einerseits Angst der Eltern um Solveig und ihre Sorge, Solveig für immer zu verlieren. Andererseits spielte aber auch ihr Einfluss auf sie, die schmucke Prinzessin innerhalb der Familie, keine zu unterschätzende Rolle. Je wichtiger diese Motive für die Eltern waren, desto dramatischer unterstellten sie Solveig Leichtfertigkeit und Jan kriminelle Energie, sich ihrer zu bemächtigen und sie auszubeuten.

„Hast du dich auch um deine Tochter gesorgt?", wollte Solveig von ihm wissen.

„Um meine Tochter nicht", gab er entschieden zurück, „das war eine verantwortungsbewusste, große Schwester, auf die stets Verlass war."

„Huch", ließ Solveig verlauten, „wie hört sich das an? Für ihre beiden Brüder war eine solche Schwester bestimmt nicht immer einfach, als sie jünger, aber auch als sie älter waren. Das waren doch sicher nicht einfach zu zähmende Rowdys, obwohl oder gerade, weil ihr Vater keiner war und die Schwester zum Wachbataillon gehörte."

„Anders kann man das gar nicht sagen", stimmte er Solveig zu, „die beiden waren kaum zu bändigen, als es um Bier, Fußball und Party ging. Das hat meine Frau und mich oft in Atem gehalten. Wir haben mit allem gerechnet – auch mit der Polizei, die uns, sollte es eintreten, in den frühen Morgenstunden erklärte, dass einer der beiden oder beide vorsorglich in Gewahrsam genommen wurden. Doch zu meiner Erleichterung und zu der meiner Frau ist es dazu nie gekommen."

„Ist denn aus den beiden etwas geworden? Waren sie in der Lage, ihren Weg zu gehen und erfolgreich zu sein?", fragte Solveig.

„Plötzlich waren sie ganz zahm geworden", berichtete Jan, „da war sie in den beiden letzten Gymnasialklassen, die große Schwester bereits beim Studium. Mit einem Mal war Ruhe und alles gut; so ist es geblieben. Aber dass Eltern in Angst und Sorge um ihre Söhne und Töchter sind, ist nicht ungewöhnlich, selbst wenn sie schon älter sind, und, ehrlich gesagt, ist das auch richtig. Insofern verstehe ich deinen Vater sogar. Der will nicht, dass du einem alten Mann zum Opfer fällst, der seine Jugend wieder entdeckt und sich daran vor allem noch eine goldene Nase zu verdienen gedenkt."

„Ach so?", äußerte sie, „aber du bist doch kein alter Mann und bestimmt keiner, der sich mit siebzig seines Testosteronspiegels vergewissern möchte und darüber Zuhälter wird. Du bist ...", und damit kam sie ins Schwärmen, „ein so liebenswürdiger, süßer, alter Mann, den ich so schätze, so gernhabe, so, so ...", sie hielt ein.

„... aber du willst mir jetzt doch nicht sagen, dass du mich liebst", warf er ein, „Solveig, das würde mich überfordern und deine Eltern auch ..."

„Aber so ist es, Jan", entgegnete sie, „wenn du schon so redest, kann und will ich nichts anderes sagen als ‚Ja, es ist Liebe.' Kein Problem hätte ich gehabt, mit dir in Marina die Ragusa zu schlafen – am Strand, auf dem Balkon, im Bett", sie lachte, „aber du wolltest nicht, hast gewartet, doch dann war die Zeit vorbei. Dass du nicht über mich hergefallen bist wie ein geiler Bulle, der du gar nicht sein kannst, aber auch kein Schoßhündchen bist, der mir die Hände leckt, das gefällt mir. Jan, du bist so ehrlich; das liebe ich, doch es ist nicht nur das, warum ich dir meine Zuwendung schenke, süßer, alter Mann."

Solveigs schwärmerische Ausführungen machten Jan verlegen; er konnte darauf nicht sofort eingehen, brachte kein Wort heraus und schwieg für ein paar Minuten. Dann fasst er sie an den Schultern.

„Ich liebe dich auch", flüsterte er, „und ich freue mich darüber, dass es dich gibt. Ich kann es kaum fassen und kann es nicht anders sagen."

Dabei hielt Jan sie fest in seinen Armen und überschüttete Solveig mit Küssen, die sie gern erwiderte.

„Du bist so lieb", flötete sie ihm leise ins Ohr, „was machen wir jetzt? Wie gehen wir mit den Drohungen meines Vaters um? Du hast doch bestimmt eine gute Idee."

„Deinem Vater sollten wir nicht folgen. Seine Ängste sind unbegründet. Doch ihn davon zu überzeugen, wird sich als schwierig erweisen und ihn nur provozieren. Das sollten wir nicht machen, sondern uns in Geduld üben; das empfiehlt sich oft. Wir begegnen uns im Park, im Kino, bei Konzerten, beim Tanzen oder auf welchem Ausflug auch immer, aber nicht bei dir oder mir in der Wohnung. Stimmst du dem zu?"

„Ungern lasse ich meinen Vater in Ruhe", erwiderte sie, „wie er sich mir gegenüber verhält, ist übertrieben, um nicht zu sagen abwegig. Ich möchte wieder in meine Wohnung. Was soll das, mir den Schlüssel zu nehmen und mich ins Kinderzimmer der Familienvilla zu sperren?"

„Ja, das ist nicht zu fassen, Solveig, aber ändert nichts. Teile ihm mit, dass du eine wichtige Arbeit für dein Studium schreibst und auf deine Bücher angewiesen bist, die in deiner Wohnung stehen. Das wird es ihm schwer machen, dich weiter von deiner Wohnung auszuschließen. Einen Versuch ist es auf jeden Fall wert."

„Doch eine gute Idee", antwortete sie zufrieden, „so gerät er in den Konflikt, mit dem Verschluss der Wohnung mein Studium zu gefährden. Wenn ich das auch noch an der Uni verbreite, steht er als prominenter Banker dort ziemlich dumm da und weckt Unverständnis. Jan, du bist einfach klug."

Sie küssten sich innig und gingen auseinander.

Modenschau

Eine junge, phantasiebegabte Frau wie Solveig braucht nicht nur ein Studium, sondern auch Abwechslung und Unterhaltung, die aufregend und dramatisch sein sollte. Dafür gibt es für Solveig Beispiele, wie sie in ihrem Urlaub auf Sizilien zu erleben waren, die auch Jan sehr angeregt und beglückt hatten: Ihre Führung durch Marina di Ragusa, ihr Auftritt auf der Treppe und vor dem Hochaltar im Dom von San Giorgio, ihre Tanzkünste zusammen mit Jan auf dem Stadtfest und manches andere mehr.

Bei der Begegnung im Park hatten sie sich gegenseitig ihre Liebe versprochen, mussten dies aber noch verstecken; denn Solveigs Vater war weiterhin gegen diese Beziehung und hatte Jan mit den schlimmsten Vorwürfen überzogen. Ein paar Wochen danach wurde Solveig als Model zu einer Show für Streetwear angefragt; sie folgte der Anfrage mit Vergnügen. Für einen Tag musste sie sich verpflichten, Vorbereitungen für ihren Auftritt zu treffen, die für sie eingeplante Kleidung auf dem Laufsteg zu präsentieren und für Fotos mit einer

Auswahl von Modeartikeln zur Verfügung zu stehen. Jan durfte sie als ihren Agenten mitnehmen; darum hatte sie die Veranstalter gebeten.

Im Vorfeld zu diesem Event war sie oft mit Jan durch die Innenstadt gelaufen, um ein besseres Gespür für Streetwear zu entwickeln und so mit dem Modetrend noch besser vertraut zu werden. Jan fühlte sich sehr geschmeichelt, dass er dabei sein durfte und hatte seinen Spaß, sich mit Themen zu befassen, die so viel jünger waren als er, und zugleich Solveig als verständnisvolle Interpretin zu erleben, um ihn über Eigenarten dieser Mode aufzuklären. Dass Solveig ihrem Catwalk eine besondere Note verleihen würde, davon war er überzeugt.

„Hast du dich in jüngeren Jahren für Mode interessiert?", fragte sie ihn, als sie wieder einmal in einem Innenstadtcafé zusammensaßen und die vorbeiströmenden Menschen auf ihre Mode hin beobachteten, „ein Bewusstsein für Mode kann ich nur bei eher jungen Leuten erkennen, die sich um kreative und fantasievolle Wirkung bemühen und viel Spaß daran haben", setzte sie fort, „der etwas ältere und meistens berufstätige Bevölkerungsteil hat ein solches Bewusstsein nicht. Denn da gehört Kleidung zur Arbeit und ist darauf ausgelegt, fleißig und pflichtbewusst zu wirken. Zugleich spricht aus dieser Arbeitsmode auch Genügsamkeit, manchmal sogar Resignation."

„Seit wann bist du so mit Mode vertraut?", wollte Jan wissen, „mich hat dieses Thema nie interessiert, das für mein Bekleidungsverhalten ohne Wirkung geblieben ist – jedenfalls nicht bewusst."

„Dann gehörst auch du zu dem Bekleidungstyp, dessen Farbspektrum sich auf ein gedecktes Blau, Braun, Grün oder Grau beschränkt. Zu bestimmten Anlässen kommen Anthrazit und Schwarz hinzu. Aus diesem gediegenen Auftritt spricht die Verachtung von Lebensfreude und Spontaneität, was nicht überrascht."

„Um ehrlich zu sein, ist mir das noch nie aufgefallen", gestand Jan, „mit deinen Äußerungen überraschst du mich, öffnest mir aber die Augen. Allerdings ist dein Urteil sehr hart. Aber es ist etwas dran – keine Frage."

„Wenn es für die älteren Generationen wenigstens ein paar neue Ideen für Schnitte gäbe, die überzeugen könnten", fuhr Solveig fort, „doch offenbar bestehen Ängste, ungewollt anzuecken oder zu provozieren, so dass auch auf „klare Kante" verzichtet wird."

„Modedesign steht nicht hoch im Kurs, ist mein Eindruck", bemerkte Jan, „brauchen wir das? Ist das notwendig? Eher ist das Gegenteil der Fall."

„Wir werden das Event schon rocken", versprach Solveig, „das kriegen wir auf jeden Fall hin."

Am Tag, als für Solveig das Event stattfand, fuhr sie mit einer schweren Rennmaschine vor und drehte diese nochmals hoch, bevor sie das Motorrad abstellte. Hinter ihr auf dem Sitz saß Jan. Beide stiegen ab und betraten das Gebäude, in dem die Modeschau stattfand. Mit klackenden Stulpenstiefeln in Silber stieg Solveig die Treppe zum Showroom hinauf; sie hatte eine schwarze Strumpfhose und einen weißen Minirock angelegt. Eine rotglitzernde Paillettenbluse umgab ihren Oberkörper und wurde von einer kurzärmligen, weißen Lederjacke mit spitzem, schwarzem Kragen bedeckt. Eine schmale, viereckige Sonnenbrille stand ihr gut zu Gesicht. Auf ihren Kopf hatte sie sich eine Melone gesetzt.

Jan, der neben ihr lief, war in einen grauen, karierten Zweiteiler gekleidet mit rot-weiß gestreiftem Hemd und einer giftgrünen Krawatte. Flache, spitze Halbschuhe trug er mit roten Lederabsätzen. Die beiden waren ein eigentümliches, äußerst verschieden gekleidetes Paar, das auf der Etage angekommen zu den Schmink- und Umkleideräumen strebte. Dort probierte Solveig die Kollektion, die sie vorstellen sollte, und ließ sich anschließend für ihren Auftritt schminken und die Haare frisieren. Jan sah sich im Showroom um.

Zu fortgeschrittener Zeit am Nachmittag – das Publikum war schon ermüdet – startete Solveig ihren Walk mit Jacketts in Übergrößen, die Bikinioberteile verbargen oder keinerlei Unterwäsche erlaubten; dazu trug sie enganliegende Miniröcke oder stramme, kurze Hosen und Strumpfhosen in allen Farben oder keine mit weißen Stilettostiefeln aus Knautschleder oder Lack. Ihre Haare hielt sie offen, so dass die blonde Mähne zerzaust auf die breite „Backside" der Jacketts fiel, oder verbarg sie in ihren weiten Kapuzen. Kennzeichnend für ihr Label war eine berückende Freude an eindeutigen, knalligen Farben oder Kombinationen mit unmissverständlichem Rot, Grün, Gelb oder Blau. Damit manifestierte ihr Label einerseits seinen Anspruch, Kleidung von Underdogs gesellschaftsfähig zu machen, um den Streetwear sich oft bemüht. Andererseits strebte das Label unmissverständlich an, jungen Menschen die Genügsamkeit älterer Generationen mit traurig wirkenden Farben auszureden. Denn es ging um Farben und Formen, die aus dem Alltag hervortraten und mit einfach wirkender Schönheit und Eleganz begeisterten.

Bei einer rhythmischen Musikkulisse und viel sportlichem „Move" machte Solveig ihren Catwalk zu einer Show. Deren Effekt verstärkte sie, als sie Jan auf die Bühne bat und mit ihm auf den schmalen Brettern einen klassischen Tango bot: Rauschender Beifall, große Begeisterung eines Publikums, das die beiden aufgeweckt hatten. Zugaben wurden gefordert und auch gegeben. Der farbig gekleidete Modelstar und der ältere Herr in seriösem Zwirn mit grüner Krawatte gaben ein nicht zu toppendes Paar ab. Zum Abschluss schenkten sich Solveig und Jan einen berührenden Kuss, der viel über ihre Liebe sagte.

Schmerz

Wer lieben möchte, muss leiden können – das tut weh. Doch das gehört zur Liebe, die nie verspricht, frei von Schmerz zu sein. Warum ist das so? Liebe verlangt nach Nähe ohne Grenzen, was in einer Welt, die viele Grenzen kennt, oft dazu führt, dass nicht zusammenpasst, was – warum auch immer – nicht zusammenpassen soll. Also im Grunde nur eine Sache der Perspektive? Für die sich Liebenden ist es meistens umgekehrt, also keine Sache der Perspektive, sondern Wahrheit? Beide Ansichten sind ebenso richtig wie falsch. Denn wahre Liebe weiß von Grenzen, verstößt aber nicht gegen sie, sondern geht wie auch immer über Grenzen hinaus, so dass sie grenzenlos wirkt. Das hat Schmerz zur Folge.

Hat ihr Vater von der Modenschau und ihrem Auftritt mit Jan erfahren? Diese Frage quälte Solveig. Der Schlüssel zu ihrer Wohnung war ihr wieder gegeben worden, damit ihre Bücher für ihr Studium zur Verfügung standen – das hatte überzeugt. Doch diese Show und dieser Kuss am Schluss, der in der

Boulevardberichterstattung mit Bild durch alle Medien ging, hatte Solveigs Vater Wind davon bekommen? Oder war ihm der Stein dieses offenbaren Anstoßes entgangen? Solveig grübelte, was überhaupt nicht zu ihr passte, ohne Ergebnis oder Idee. Aber sie fürchtete, ihre Wohnung nun für immer verloren zu haben, aber auch Jan, den sie nun nie mehr treffen durfte – und was dann?

Jan sorgte sich um Solveigs Wohlbefinden, die nicht wusste, ob sie bald stets unter Aufsicht oder frei sein werde – so etwas zerrte an den Nerven. Allerdings sorgte er sich auch um sich. Hatte er doch gegen die Weisung des Schreibens verstoßen, das Solveigs Vater ihm zustellen ließ, und musste nun fürchten, dafür sehr hart bestraft zu werden. Das dürfte sich als äußerst schmerzhaft erweisen. Denn nun sollte er Solveig erst recht nicht mehr zu Gesicht bekommen. Eine Gefahr, so der Vater, stelle er für die Familie dar – was tat er jetzt?

Das begonnene Versteckspiel wurde Solveig und Jan zur Last wie es sie auch schmerzte. War das Spiel ihrer Gefühle füreinander, ihre Liebe, aus Gründen der Vernunft für sie verloren? Oder hatten sie noch Mut genug, sich über Vernunftgründe hinwegzusetzen und zu gewinnen? War das denn überhaupt ein Spiel? War es nicht eher ein Konflikt, wenn sie gegenüber Solveigs Eltern auf ihre Gefühle füreinander setzten? Oder war ihre Liebe eine Farce, die weder ein Spiel ihrer Gefühle war noch ein elterlicher Konflikt? Was hatten sie, wenn sie sich sagten, dass sie sich liebten? Ein Gefühl, ein Geständnis, einen Irrtum, eine Lüge, ein Versprechen? Darum ging es.

Wie aber ließ sich diese Frage klären? Wäre dafür von Vorteil, wenn die beiden uneingeschränkt zusammenleben könnten? Oder wären sie dann nicht mehr unbefangen genug? Empfiehlt sich deshalb, zunächst allein und für sich zu verstehen, was Liebe bedeutet? Oder finden die beiden dann erst recht nicht zueinander? Der große Altersunterschied von etwa 45 Jahren kam ja noch hinzu. Waren Bedarfe und Wünsche im Alltag, in Freizeit, Urlaub und, soweit es Solveig betraf, in Studium und Beruf auf Dauer gut miteinander vereinbar und eventuelle Konflikte einvernehmlich zu lösen? Die Öffentlichkeit der Liebe zwischen Jan und Solveig zu vermeiden, schien vor diesem Hintergrund äußerst angebracht zu sein, um Jan und Solveig nicht zu beschädigen – hörte sich ein wenig wie Kindergarten an. Denn die beiden waren doch alt genug, um zu entscheiden, wie sie in einem gemeinsamen Leben auf Dauer am besten miteinander klarkommen würden. Oder waren sie damit überfordert?

Solveig und Jan hatten noch nicht über Freundschaft oder Verlobung, nicht über Ehe oder Kinder, die sie großziehen könnten, gesprochen und sie hatten bisher keinen Sex, wie er meistens verstanden wird; vielleicht hatten sie Sex ganz anderer Art. Solveig wollte von Jan mehr übers Leben, auch über sein Leben wissen, da es ihr viel zu sagen schien und gefiel. Jan war gern bereit, vom Leben, von seinem Leben zu erzählen und begann, sich für ein neues Leben, für ihr Leben zu begeistern, als er mit ihr in Marina di Ragusa war. So begann, was sich zwischen Solveig und Jan entwickelte und sie unter Liebe mit Höhen und Tiefen verstanden.

Wanderschaft

Der oft warme Spätsommer des Septembers lud zu Wanderungen in dem nahen Mittelgebirge ein. Noch waren alle Wiesen grün, die auf den Höhenzügen lagen. In kräftigen Farben blühten dort die Herbstblumen, aber auch am Wegesrand im Wald. Rote Beeren, hell und dunkel, lockten im Gestrüpp, geerntet und verzehrt zu werden. Hohe Buchen oder Eichen standen noch im Laub, das sich hier und da bereits ins Gelb färbte, aber vielen Vögeln und scheuem Wild weiterhin seinen Schutz bot.

Die Tage reichten noch bis in den Abend und beschenkten Wanderer mit den roten Himmelsbildern zauberhafter Sonnenuntergänge. Wer bei einem kühlen Weißwein und kräftigem Abendbrot in einer Waldgaststätte auf einer Anhöhe Platz nahm, blickte über ein weites Land in Gold und Rot und wurde für die langen Wege, die dorthin zu wandern waren, mit romantischer Naturschönheit belohnt. Bald war diese in der Nacht versunken. Harmonie und Ruhe dieses Bildes klangen nach und versöhnten mit den Mühen des Weges über Bäche, Wurzeln, Steine durch einen tiefen Schlaf. Bisweilen tat sich hinter dichtem Schilf oder hohen Bäumen ein See auf, der im Kies oder Sand des Ufers plätscherte und kühles Wasser zum Baden bot. Badeutensilien hatten die wenigsten Wanderer dabei; deshalb fanden sich dort meistens Nackedeis, die erfrischt und wieder trocken ihre Wege munter weitergingen.

„Warst du schon mal auf Wanderschaft?", wollte Jan von Solveig wissen, „hast du die Natur von Seen, Wäldern, Wiesen auf einer Wanderung im Übergang des Spätsommers in den Herbst bereits erlebt?"

„Ist es für ein echtes Wandervergnügen nicht schon viel zu kalt zu dieser Jahreszeit und zuvor noch viel zu heiß?", erwiderte sie, „allerdings stiegen meine Eltern mit ihren Töchtern lieber ins Auto, während andere ihre Wanderschuhe schnürten. Mit dem Auto hatten sie die sichere Gewähr, dass alle wieder heil nach Hause kamen und niemand auf der Strecke blieb. Außerdem mochte meine Mutter Wandern nicht, da sie das Schuhwerk dafür nicht leiden konnte – so furchtbar klobig. Mein Vater liebte das Autofahren. Denn er war stolz, als einziger in der Familie einen Führerschein zu besitzen und deshalb am Steuer zu sein, wenn er mit seinen Hübschen in einer Limousine auf Spritztour war."

Jan schüttelte den Kopf. Lieber Autofahren als Wandern, weil die Wanderstiefel nicht gefallen und der Hahn den Hennen zeigen möchte, dass nur er sie mit dem Auto kutschieren kann? So etwas gab es bei ihm nicht.

„Hast du denn Lust auf eine Wanderung mit mir?", fragte Jan, „gerne am nächsten Wochenende."

„Wenn ich Turnschuhe anziehen darf und es nicht zu kalt ist, habe ich keine Einwände", gab ihm Solveig zur Antwort, „übernachten wir?"

„Kalt wird es nicht werden – keine Sorge. Die Schuhe sind selbstverständlich deine Sache. Tragen kann ich dich aber nicht", sagte er schmunzelnd, „ja, von Samstag auf Sonntag werden wir übernachten, wenn nichts dagegenspricht. Das Hotel wird dir bestimmt gefallen."

„Wunderbar, Jan! Meinen Eltern werde ich erzählen, dass ich an diesem Wochenende auswärts auf einer Tagung bin. Da wäre vorteilhaft, wenn wir uns schon am Freitag auf den Weg machen."

„Da sage ich nicht ‚nein' – sehr gerne, Solveig. Was du an Waschzeug und Kleidung an diesen beiden Tagen brauchst, trage ich in meinem Rucksack."

„Jan", rief sie mit gedehntem Pathos, „du bist ein Kavalier. Du bist echt großzügig, ich danke dir. Hast du was vor?"

„Wo denkst du hin, Solveig?", flunkerte er.

„… warum denn nicht?", trällerte sie, „für Draußen ist der Sommer bald vorbei."

„Kondome habe ich stets dabei", flüsterte er ihr ins Ohr, „die vergesse ich bestimmt nicht."

„Was bist denn du für einer", tat sie verstört, „doch ein Schelm, wie ihn niemand für möglich gehalten hätte?"

„Aber nein", entgegnete er, „wäre ich ein Schelm, hätte ich keine Kondome in meiner Westentasche."

„Ach so?", wusste Solveig, „Kondome hat dabei, wer seinen Girls gegenüber Verantwortung beweisen will – wie anständig! Schelme hingegen lassen es darauf ankommen und sorgen sich nicht um mögliche Folgen – wie schäbig! Jetzt verstehe ich. Aber im Bett willst du ja nichts von mir wissen …"

„Am Freitag nächster Woche starten wir unsere Wanderschaft mit einer Bahnfahrt", beendete Jan den Wechsel dieser Worte, „wann der Zug fährt und wir uns am Bahnhof treffen, teile ich dir noch mit", er hielt ein, als sie ihn irritiert ansah, „oder hast du keine Lust mehr?"

„Doch", sagte Solveig, „auf jeden Fall! Das ist eine coole Unternehmung, die ich gerne mit dir mache. Ich muss mich an den Gedanken der Bahnfahrt und der pünktlichen Abfahrt des Zuges gewöhnen. Mit der Bahn fahre ich äußerst selten. Du besorgst unsere Fahrkarten?"

„Selbstverständlich", versicherte er ihr, „wie würdest du zu deiner Tagung kommen, die du deinen Eltern gegenüber vorgibst?"

„Mitfahrgelegenheit möglichst aus dem Seminar. Schlecht angezogen sitze ich dann im Auto, damit mir niemand etwas antut. Aber bei dir hätte ich solche Bedenken sicher nicht."

„Ich habe gar kein Auto, nur Bus und Bahn", gab er zurück, „hätte ich ein Auto, könnte ich dir gar nichts Böses tun. Ich liebe dich."

Er umarmte sie und gab ihr einen langen Kuss.

„Das nehme ich dir ab, das glaube ich dir", flüsterte sie lächelnd, „süßer, alter Mann, den ich so unfassbar liebe."

Als Jan am nächsten Freitag aus einem Fenster seiner Wohnung Sonne und einen blauen Himmel sah, atmete er erleichtert auf. Wetterseitig stand seiner Wanderung mit Solveig nichts im Weg. Nun musste er rasch seinen Rucksack packen, um sich mittags pünktlich am Bahnhof einzufinden; der Zug fuhr um halb eins. Jan hatte noch ein paar Stunden Zeit und hoffte, dass Solveig sich nicht mit der Zeit verrechnete.

Nachdem er sich rasiert und ein Bad genommen hatte, machte er sich sein Frühstück. Die Brötchen hatte er sich schon am Tag zuvor besorgt wie auch den Käse und Schinkenaufschnitt. Für ein Frühstück nur für ihn war das viel zu viel. Aber er wollte für sie und sich einen Proviantbeutel vorbereiten.

Hunger bekommt man auf Reisen ja immer; da sollte es an Obst, Stullen und einer Flasche Saft nicht fehlen. Dies war auch beim Wandern so, wie er von den vielen Wanderungen wusste, die er mit seiner Frau und seinen Kindern mit viel Vergnügen unternommen hatte; auch heute dachte er gerne daran zurück. Proviantbeutel waren auf alle Fälle nützlich und für die letzten beiden Kilometer einer Tour eigentlich immer ganz unersetzlich.

Gegen elf Uhr war er startbereit, überlegte aber noch, ob er auf alle Fälle einen kleinen Regenschirm für Solveig und für sich ein Regencape mit in den Rucksack packen sollte. Würde er Solveig fragen, würde sie ihm erklären, dass er darauf gern verzichten könne, wenn er nur einen Blick in den strahlend blauen Himmel werfe. Mit einem Handeln „für alle Fälle" könne sie außerdem nichts anfangen, würde sie ihm sagen. Denn dann käme es zu so vielen „Fällen", dass es keine Zeit für alle Fälle gäbe, sondern bestenfalls für einen Teil, der aber nie den betreffe, der mit viel Sorgfalt ins Kalkül gezogen worden sei. Doch weil das niemand glaube, würden immer viel zu viel Klamotten, Wäsche, Schuhe und Pullover in den Urlaub oder an langen Wochenenden mitgenommen, obwohl doch nur gebadet, gechillt und gewandert werden wolle. Tja, da hatte Solveig wieder einmal recht, sparte aber auch nicht an Garderobe für kurze oder lange Urlaube, wenn sie es für notwendig hielt.

Dass Solveig nicht wie Jan pünktlich um 12:00 Uhr auf dem Bahnsteig stand und wartend von einem Bein aufs andere trat, weil sie schon gut zehn Minuten da sei, erstaunte nicht. Pünktlich eine gute Viertelstunde später traf sie ganz außer Atem ein und erklärte, dass der Bus zum Bahnhof auf halber Strecke ausgefallen war, so dass sie den Rest der Strecke laufen musste, um noch halbwegs rechtzeitig am Gleis zu sein. Jan übergab sie ihren Waschbeutel mit den Worten, dass dies alles sei; er wisse ja, dass sie am liebsten nackt schlafe; das sei noch immer so. Für alle Fälle einen Pullover oder sogar Schlafklamotten mitzunehmen, um einem eventuellen Temperatursturz zu begegnen, sei absurd. Falls ihre Socken wegen Regen nass würden, habe sie ein zweites Paar dabei, würde die Füße aber auch barfuß in ihre Turnschuhe stecken. Von dieser Sparversion ihres Gepäcks war Jan auch nicht überrascht. Doch dass der Bus auf halber Strecke liegen blieb, das glaubte er ihr nicht, kam aber darauf nicht zurück; denn er war froh, dass sie nicht im Galopp über den

Bahnsteig rennen mussten, um den Zug noch zu erreichen.

„Wunderbar, dass du fast pünktlich hier bist", rief er ihr zu und wäre fast gestolpert, als er versuchte, sie mit dem Rucksack auf dem Rücken zur Begrüßung zu umarmen.

„Pass auf dich auf, mein Lieber", rief sie und hielt ihn an den Schultern fest, „zum Turteln haben wir jetzt keine Zeit. Der Zug fährt gleich. Schmusen können wir doch auf den reservierten Reisesesseln im Waggon. Dafür haben wir eine Stunde Zeit, wenn ich mich recht entsinne – wie geil!"

… und es wäre nicht Jan, hätte er nicht zuvor noch zwei Sitzplätze reserviert.

Der Zug fuhr an, und die Zeit begann, im Fluge zu vergehen. An gemähten Wiesen und Getreidefeldern, auf denen dicke Strohballen abgelegt worden waren, raste der Zug vorbei. Auf Kartoffel- und Zuckerrübenäckern war noch kein Wochenende, auch in den Obstplantagen nicht; dort wurde noch geerntet, wie aus der Ferne zu erkennen war. Die Dörfer fingen an, im Standby des Wochenendes zu versinken. Doch alle großen Straßen waren noch stark befahren. Ferne Gebirgszüge, ausgedehnte Täler mit Weideflächen für Pferde, Rinder und auch Schafe reichten teilweise bis zu den Bahngleisen. Kühe stakten dort in ihren Fladen oder im Schlamm und glotzten den vorbeirasenden Zügen nach. Unter hohen Brücken schlängelten sich Flussläufe, die im Dunst des Horizonts oder in nahen Seen verschwanden.

„Willst du eine belegte Stulle oder einen Apfel zum Mittagessen?", fragte Jan nach etwa einer halben Stunde.

Zur großen Freude Solveigs hatte er tatsächlich vorher mit ihr geschmust; das hatte auch Jan viel Spaß gemacht, da er nach dem ein wenig aufregenden Start der Unternehmung nun ganz entspannt war.

„Mensch, Jan! Du hast uns Proviant gemacht? Das ist ja unglaublich. Du bist einfach wunderbar. Ich nehme einen Apfel. Oder ist dir das zu gefährlich?"

„Das Paradies hier will ich mir nicht nehmen lassen", äußerte er ironisch, „aber deshalb rate ich nicht vom Apfel ab. Eine Stulle stillt deinen Hunger besser. Darauf kommt es an, wenn wir jetzt gleich wandern werden. Der Käse und der Schinken sind ganz frisch und wirklich lecker."

„Aber ich bin doch nicht Eva", wandte Solveig ein, „was soll schon passieren, wenn ich einen Apfel esse ..."

„... und ich nicht Adam, der hier keinen Apfel isst. Dennoch ist eine Stulle besser, von der du nichts in der Bibel liest. Ohne welches Risiko auch immer tut dir eine Stulle zu deiner Stärkung gut."

„Nun gut. Zum Glück hast du sie nicht mit Leberwurst bestrichen, sondern mit Schinken und Salami belegt. Leberwurststullen aus der Proviantdose sind mir immer unangenehm. Wenn per Zufall jemand in meiner Nähe aus einer Dose Leberwurststullen isst, stört mich, dass ihr Geruch so lange braucht, bis er verflogen ist."

Von der Ortschaft, in der sie den Zug verlassen hatten, brachte sie ein Bus zu einem Waldparkplatz. Dort starteten Solveig und Jan ihre Wanderung. Etwa neun Kilometer entfernt lag das Plateau des höchsten Berges, auf dem sich ein schönes Waldhotel und ein gutes Restaurant mit Terrasse mit einem weiten Blick über das Land befand. Da auf dem Weg dorthin größere Steigungen wie auch Gefälle zu überwinden waren, schätzte Jan, dass sie etwa drei Stunden für diese Strecke brauchen würden und gegen fünf Uhr nachmittags das Plateau erreichen dürften. Zielstrebig machten sie sich auf den Weg. Jan hatte eine Wanderkarte in der Tasche, die ihnen ihre Route wies. Solveig machte sich darüber mit ihrem Handy vertraut, solange es auf dem Weg Empfang hatte.

Anfangs war der Waldweg noch breit und eben und lief sich leicht unter hohen Buchen und Eichen mit dicken Stämmen. Durch die noch belaubten Äste schien die Sonne und hellte das Grün der Blätter auf. Vögel zwitscherten in den Wipfeln, und das säuselnde Blattwerk bot eine angenehme Kühle. Auf baumfreien Wiesenflächen war es am frühen Nachmittag immer noch heiß. Nach etwa einein- halb Stunden machten die beiden eine Pause und setzten sich auf einen Baumstamm, der schon vor längerem gefällt worden war. Sie tranken Saft und verzehrten zwei noch verbliebene Stullen und je- weils einen Apfel.

„Wandert es sich in deinen Turnschuhen gut genug?", fragte Jan, „oder spürst du bereits die ersten Druckstellen?"

„Wanderstiefel, wie du sie trägst, wären mir viel zu schwer", erwiderte sie, „mit ihrer festen Sohle sind diese Turnschuhe mir sehr bequem."

„Ohne Wanderstiefel wäre ich nicht gut auf meinen Beinen. Da ist mein Fußgelenk nicht fest umschlossen und ich knicke um, wenn ich über steinige Wege oder über Pfade mit langen Baumwurzeln gehe. Humpelnd durch den Wald und über Wiesen zu gehen, ist nur ärgerlich. Dann ist es mit dem Wanderspaß vorbei."

„Das wollen wir nicht", wehrte Solveig ab, „und dich dann ins Hotel zu tragen, wird mir trotz größter Anstrengungen nicht gelingen. Beachtlich ist, wie wir uns beim Wandern der Natur aussetzen, die uns in die Bredouille bringen kann, wenn wir nicht aufpassen. Ihre Schönheit, die wir jetzt erleben, schützt uns davor nicht."

„Interessant, dass du das sagst", merkte er an, „aber so ist es immer, dass alles, was wir als schön empfinden, auch eine Schattenseite hat. Allerdings wollen wir uns das nicht eingestehen und setzen uns bisweilen auch Gefahren aus."

„Du beunruhigst mich", äußerte sie, „gilt das denn genauso für die Liebe? Birgt auch die Liebe Risiken, die wir gern übersehen, statt diesen auszuweichen oder sie zu vermeiden?"

„In der Liebe können wir uns verlieren, in Abhängigkeit geraten und die Welt um uns herum vergessen. Das ist nicht gut, vor allem wenn dies dauerhaft geschieht."

„In der Tat", stimmte Solveig zu, „wie können wir diesen Gefahren für die Liebe entgegenwirken und uns davor schützen?"

„Es mag sich vielleicht nicht nach Liebe anhören, wenn ich sage, dass in der Liebe nichts geht, wenn die Beteiligten ihre Person ganz aufgeben oder sich nehmen lassen. Mit anderen Worten: In der Liebe muss ein gesunder Rest an Egoismus bleiben, ohne den es Liebe schlicht nicht gibt."

„Wow, Jan", rief Solveig in den Wald, „das ist ein Wort, mit dem ich etwas anfangen kann. Soweit ich es empfinde, machen wir das sehr gut. Wir schenken uns sehr viel, aber eben auch nicht alles."

„Besser kann man es gar nicht sagen", antwortete Jan, „du bist großartig, Solveig. Lass uns weitergehen!"

„Nichts lieber als das, süßer, alter Mann. Mit einem so wunderbaren Menschen wie dich, setze ich unsere Wanderung – vor allem die der Herzen – mit Vergnügen fort."

Mit einem solchen Schwung im Rücken war das Ziel bald erreicht. Jan hatte mit fünf Uhr nachmittags gut geschätzt. Die Suite mit Dachterrasse hatte er reserviert und Solveig eingeladen. Das war schon teuer für ihn, doch das Beste für sie beide – so wollte er es haben. Der Raum, der auf der dritten Etage lag, stand in der Sonne und war mit seinen vielen Fenstern rundherum erleuchtet. Die Wände waren weiß und unscheinbar gemustert tapeziert und alle Möbel aus hellem Holz.

Als sie die Suite betraten, warf sich Solveig begeistert aufs Himmelbett und räkelte sich aus ihrem T-Shirt.

„In diesem Taubenschlag will ich dich, Jan", rief sie ihm zu, „besser konntest du nicht reservieren. Einfach nur geil!"

Er nahm den Rucksack ab, warf sein Jackett auf einen Sessel und riss sich sein Hemd vom Leib.

… ja, dann war Jan bereit.

Musik

Ein ereignisreiches Wochenende lag hinter den beiden. Nicht dass sie während der gesamten Zeit in ihrem Taubenschlag nur gevögelt hatten. Eine ganze Reihe schöner Erfahrungen und Erlebnisse hatte es gegeben. Die Küche des Hotels war besonders lecker, was schon beim Frühstück begann, das mit frischen Brötchen und süßen Backwaren, Obst, Müsli, Joghurt und Quark, Hart- und Weichkäse, Lyoner, Schinken und Salami, Eiern in unterschiedlicher Zubereitung eine willkommene Stärkung bis in den Nachmittag hinein gewährte. Selbstverständlich gehörten Kaffee, Tee und eine reiche Auswahl Säfte auch dazu. Abends wurde ein viergängiges Dinner mit einem Weinprogramm serviert, das nichts zu wünschen übrigließ. Nicht nur waren alle Gäste ganz und gar gesättigt, auch ihr Appetit war gut gestillt.

Solveig und Jan nutzten am Tag nach ihrer Ankunft das gute Wetter für eine weitere Wanderung, die von dem Hochplateau des Hotels in ein Tal führte, das ziemlich einsam war. Dort gab es ein Dorf mit einem alten, außerordentlich gut erhaltenen Bestand an Bauernhäusern, Scheunen und Ställen. Hinzu kam eine Dorfkirche aus Feldsteinen, die zu früheren Zeiten auf ihrer Nordseite von einem Friedhof umgeben war. Auf ihrer Südseite befanden sich das Pfarrhaus und eine kleine Schule. Am Marktplatz, der von der Kirche nicht weit entfernt gelegen war, konnten das alte Rathaus mit Gefängnis und ein paar ehemalige Gebäude einiger Zünfte besichtigt werden. Dieses Dorf wollten Solveig und Jan besuchen; insgesamt mussten sie ungefähr 15 Kilometer vom Hotel zum Dorf und umgekehrt zurücklegen.

Auf dem Weg zu diesem Kleinod befand sich ein kleiner See, an dem sie eine Stunde Pause machten, um zu baden. Erinnerungen an das Badevergnügen in Sizilien wurden wach und sorgten für verspieltes Planschen und schnelles Schwimmen um die Wette. Auch hatte ihr Taubenschlag im Hotel dazu beigetragen, deutlich ausgelassener miteinander umzugehen als zuvor, zumal sie weder Badeanzug noch Handtücher mit dabeihatten. Weiter weg von ihnen lagen vereinzelt Badegäste am See in der prallen Sonne.

Die Dorfbesichtigung hatte für Solveig viele Fragen aufgeworfen: Wie war das Leben der Menschen damals? Ließen die engen Gassen zu, sich gegenseitig in die gute Stube zu gucken? Wie viele Menschen lebten in den kleinen Häusern? Wo befanden sich die Ställe für das Vieh? Und wie ernährten sich die Dorfbewohner? Jan, der sich mit der Geschichte dieser Ortschaft vor der Wanderung befasst hatte, bemühte sich, Solveigs Fragen zu beantworten und das Alltagsleben des 17. Jahrhunderts in einem Dorf wie diesem zu erklären. Dieser Alltag war sehr viel weniger spektakulär als der in Ragusa-Ibla.

Am dritten Tag wanderten sie nach reichlichem Frühstück bei schönem, warmem Wetter vom Hotel zur Bushaltestelle am Waldparkplatz zurück, um mit dem Bus zum Bahnhof der Ortschaft und von dort aus wieder nach Hause zu fahren. Ob sie dann gleich ihre eigenen Wege gehen oder noch in ihrer oder seiner Wohnung Abschied voneinander nehmen wollten, bewegte sie, nachdem sie auf dem Bahnhof ihrer Heimatstadt den Zug verlassen hatten. Ließ Solveigs Vater sie immer noch beschatten? Konnten sie sich „straffrei" gegenseitig aufsuchen und sich unbefangen in der Stadt zusammen sehen lassen? Oder war Schlimmes zu befürchten, wenn sie entgegen allen Weisungen erwischt wurden? Jan war mutig und brachte Solveig zu ihrer Wohnung. Solveig war mutig und nahm ihn in ihre Wohnung mit. Dort waren beide mutig und ließen das gemeinsam verbrachte Wochenende in einem Rausch von Liebe und Leidenschaft zu Ende gehen. Doch wie gestaltete sich ihr Zusammenleben in Liebe dann?

Jan war nicht nur ein vorzüglicher Tänzer, der Solveig führte, er spielte ja auch gut Klavier. Als seine Kinder nicht mehr zu Hause wohnten und das Zimmer der Brüder frei war, kaufte er sich einen Flügel, für den sich in dem früheren Kinder- und Spielzimmer ein guter Platz fand. Als Schüler hatte er Klavierunterricht bei seinem Nachbarn Heinrich gehabt, der Blockflöten- und Klavierlehrer gewesen war. Jans rasche Fortschritte gaben Anlass, das Potenzial eines erfolgreichen Pianisten in ihm zu erkennen. Doch dann war Heinrich plötzlich verstorben, und Jan hatte mit dem Klavierunterricht aufgehört, da dessen Fortsetzung für seine Eltern nicht bezahlbar war.

Er blieb nicht bei der Klaviermusik, sondern wollte nach seinem Studium verläßlich Geld verdienen; das versprach eine Karriere als Pianist nur mit großem Glück. Aber nachdem er sich den Klavierflügel gekauft hatte, nahm er wieder Unterricht und erfreute vor allem seine Frau mit den Klängen vieler bekannter Melodien, die dieses Instrument nicht nur mit *einer* Stimme wiedergibt, sondern stets in gleichsam orchestraler Begleitung. Jan aktivierte und erweiterte sein Repertoire mit Klavierwerken von Haydn, Mozart, Beethoven und Chopin. Auch vor Liszt schreckte er nicht zurück und widmete sich den anspruchsvollen Wanderungen Lisztscher Pilgerfahrten, die viel Kraft und Zeit verlangten.

Mit zunehmender Beanspruchung seiner Tätigkeit als Abteilungsleiter trat sein Klavierspiel erneut in den Hintergrund und nahm erst nach Eintritt in seinen Ruhestand wieder Fahrt auf. Als Solveig nach Begegnungen mit ihm im Park einige Male in seiner Wohnung war, ließ er auch sie an seinen Künsten am Flügel teilhaben. Das machte Eindruck auf sie und gefiel ihr gut.

Um Musikunterricht hatten sich Solveigs Eltern bei ihren Töchtern nicht gekümmert. Natürlich waren alle beim Ballettunterricht gewesen, der ihnen Haltung und Elastizität ihres Körpers gab. Ansprechende Bewegung war das Ziel dieser Bemühungen, Ballett zu tanzen war es nicht unbedingt. Das wusste Solveig in dieser Klarheit nicht, was dem Zauber ihrer Bewegungen keinen Abbruch tat und ihre rasche Auffassungsgabe beim Erlernen klassischer Tänze gut erklärte.

Ihre musikalische Chance sah sie im Gesang, wozu ihr im Schulchor und bei der Aufführung eines Musicals als Solistin Gelegenheit gegeben wurde. Sie hatte eine kräftige Sopranstimme und hielt sich nicht zurück, diese in vollem Umfang auszuspielen. Ein paar Gesangsstunden genügten, um die Sopranpartien in dem Musical bestens zu bestehen. Schnell kam sie zu dem Entschluss, Jan einmal zu fragen, ob er sie begleiten wolle. Doch mit dem Urlaub und den Problemen, die ihr der Vater wegen Jan bereitete, trat dieses Vorhaben dann wieder in den Hintergrund. Aber die Wanderung am Wochenende und die Begegnungen im Taubenschlag brachten sie auf den Gedanken, das Thema wieder aufzugreifen, das eine wunderbare Brücke für die

beiden barg. Zur Wiederaufnahme ihrer Gesangs-
kunst würde sie die Eltern gewinnen können, ohne
dass sie dies gleich im Zusammenhang mit Jan sahen. Warum auch? Ob Jan dazu bereit sei, wollte sie
ihn alsbald fragen.

Aber Jan kam ihr zuvor und erkundigte sich bei ihr,
ob er sie bei ein paar Liedern aus Schuberts „Winterreise" begleiten dürfe. Ein kirchliches Gemeindezentrum in der Stadt habe ihn gefragt, ob er damit
zu einer Nachmittagsveranstaltung beitragen
könne. Das sei doch ein wundervolles Projekt.

„Das mache ich", antwortete sie, „obwohl ich lieber
eine Walküre singe."

„Das machen wir dann auch", versprach er, „ich
habe einige Klavierauszüge zu Opern von Mozart,
Strauss und Wagner."

„Den ‚Walkürenritt' singe ich dann bei der Veranstaltung als Zugabe", schlug Solveig vor, „da lege
ich so richtig los."

Bis die beiden mit Gesang und Klavierbegleitung sicher harmonierten, mussten sie schon kräftig üben;
denn einfach war es nicht. Aber nach drei Wochen

waren Gesang und Klavierbegleitung gut aufeinander abgestimmt. Die Vorstellung konnte zum geplanten Zeitpunkt stattfinden.

Solveig zog ein langes, einteiliges, hellrotes Kleid aus Baumwolle an, Jan ein schwarzes Jackett über ein weißes Hemd und eine schwarze Jeanshose. Der Saal des Gemeindezentrums, in dem die Veranstaltung stattfand, war gut gefüllt. Das Publikum war auf das Programm gespannt. Ein weißer Flügel stand auf der Bühne, deren Boden und Wände mit schwarzem Stoff bedeckt war. Als Solveig und Jan aus dem Hintergrund von links auf die Bühne traten, gab es Beifall. Nach einer kurzen Vorstellung der beiden wurde es dann ganz still.

Jan schlug die Tasten zur Begleitung des ersten Stücks aus der „Winterreise" an und Solveig setzte nach etwa fünfzehn Takten mit dem Gesang des Liedes ein. Großer Beifall nach diesem ersten Stück, und den gab es nach den nächsten fünf Liedern auch. Am Schluss dieses Ausschnitts aus Schuberts „Winterreise" traten Solveig und Jan vor das Publikum, hielten sich an den Händen und verbeugten sich. Das Publikum wollte mehr und forderte eine Zugabe. Wie von Solveig vorgeschlagen, wurde das der „Walkürenritt". Jan rauschte rasend Akkorde greifend über die Klaviatur und führte Solveig eilig zu ihrem Sangesritt. Der Saal war erfüllt von Melodien, Leitmotiven und überwältigenden Harmonien, als sei dort ein Sturm von Tönen auf hoher See. Das Publikum klatschte den Rhythmus der reitenden Walküren mit. Über allem lag Solveigs Stimme, die mit dem Gesang der Walküre kraftvoll die Klangwellen alles Irdischen beherrschte. Bei den Schlussakkorden dieses Ritts war das Publikum nicht mehr zu halten und stieg auf die Stühle, um die ins Mark gehende Stimme Solveigs zu bejubeln, die am Ende dieser Szene völlig erschöpft in Jans Arme fiel und auf diese Weise den weiteren Verlauf des Drehbuchs „der Walküre Erdenritt" zu verkehren schien. Doch das störte niemanden im Publikum, das von dem Gesang Solveigs und Jans Klavierbegleitung komplett ergriffen und total begeistert war.

Dieser Erfolg ermutigte Solveig und Jan, ihre Bemühungen zu musizieren gemeinsam fortzusetzen. Noten hatte Jan dafür genug. Dabei ging es nicht vorrangig darum, mit dem gemeinsamen Musizieren möglichst gute Voraussetzungen für Konzerte und Veranstaltungen zu schaffen, die nicht nur ehrenamtlich, sondern auch gegen Honorar erfolgten. Vielmehr wollten sie damit ihre Liebe stärken und bereichern. Gemeinsam zu musizieren, förderte diesen Wunsch und erwies sich dafür als ganz hervorragend geeignet.

„Wenn wir uns jede Woche ein paar Stücke vornehmen und sie üben, haben wir bald ein Repertoire, das uns glücklich macht" freute sich Solveig, „du hast sicher einen guten Überblick, wie wir dabei am besten vorgehen."

„Ich freue mich darauf", sagte Jan zufrieden, „der Flügel befindet sich in meiner Wohnung. Deshalb werden wir stets in meiner Wohnung proben. Ist das ein Problem für dich? Sind deshalb Auseinandersetzungen mit deinen Eltern zu erwarten? Sollten wir das nicht besser klären, bevor wir anfangen?"

Solveig sah ihn an und überlegte ein paar Minuten.

„Lass uns mal mehr Mut haben", sagte sie überzeugt, „bisher ist nichts von meinem Vater eingetroffen, was er angekündigt hat. Meine Wohnung hat er mir zurückgegeben, damit ich mit Erfolg studieren kann. Wenn ich in meiner Freizeit gemeinsam mit dir musiziere und in deiner Wohnung bin, weil dort der Flügel steht, wird es für meine Eltern bestimmt nicht leicht sein zu behaupten, dass ich unmittelbar am Abgrund einer verbotenen Liebe stehe. Damit du mich nicht missverstehst, sage ich ausdrücklich, unsere Liebe ist das nicht."

„Wunderbar", äußerte Jan, „du sprichst von Liebe. Wie wahr! Ich stimme zu. Was soll ich sagen? Ich will mit 70 nicht für einen Scharlatan gehalten werden, der von jungen Frauen nicht lassen kann. Verstehst du das?"

„Nein, Jan, das verstehe ich ganz und gar nicht", rief sie empört, „denn das bist du nicht. Was redest du? Sei mutig! Alles wird gut. Dass wir uns lieben, kann doch kein Verbrechen sein. Welcher eingefleischte Zuhälter begleitet auf dem Flügel eine Sängerin, die mit ihm Opernarien singen und zum Besten geben will?"

„Danke!" gab Jan zurück, „das habe ich gebraucht."

Krank?

Menschen, die sich Liebe versprochen haben, ertragen nur schwer, wenn der Partner wider Erwarten nicht zu erreichen ist oder eine Verbindung mit ihm nicht zustande kommt. Sorge um sein Wohlbefinden befallen sie oder Angst, das Vertrauen verloren zu haben, und es mit der Liebe deshalb vorbei ist. So erging es Jan, der – etwa vier Wochen nach ihrem Auftritt in dem Gemeindezentrum – mit Solveig wieder mal zum Besuch der Tanzparty verabredet gewesen war, und sich den ganzen Samstag schon darauf freute. Dass er sich in der Tanzschule pünktlich einfand, die die Party veranstaltete, war von daher selbstverständlich. Doch Jan fand sich immer rechtzeitig ein, wenn er verabredet war. Insofern hätte äußerst überrascht, wenn er sich verspätet hätte oder gar nicht gekommen wäre, ohne dies mitzuteilen.

Solveig konnte sich schon verspäten, ohne sich genötigt zu sehen, ihre Verspätung mitzuteilen. Aber sich gar nicht einzufinden, ohne von sich hören zu lassen, das kam bisher nicht vor. Heute geschah es allerdings. Eine Viertelstunde wartete Jan und war zunächst noch nicht von Unruhe geplagt. Als eine weitere Viertelstunde verstrichen war, und Solveig sich nicht sehen ließ, griff er zum Handy, aber eine Verbindung kam nicht zustande. Unruhe und leichter Ärger erfasste ihn: Was war denn wieder los? Hätte sie ihm nicht mitteilen können, dass etwas dazwischengekommen war? Nach der dritten Viertelstunde vergeblichen Erwartens eines Handysignals bereute er seinen Ärger und begann sich pflichtgemäß zu sorgen: Was war ihr passiert – etwas Schlimmes? Dabei kam ihm zuerst der Zorn ihres Vaters in den Sinn, der sich nun über sie entlud. Oder sie hatte einen Unfall gehabt und war außerstande, ihr Mobiltelefon zu bedienen? In jedem Fall war sie in Not. Was konnte er nur für sie tun?

Doch dann kam die erlösende SMS und rückte die vermuteten Katastrophen in den Status relativer Belanglosigkeit: *Ich bin krank und liege im Bett – melde mich so bald wie möglich wieder.*

Beflissen antwortete Jan sofort: *Kann ich was für Dich tun? Gern helfe ich Dir und besorge, was Dir an Essen und Trinken oder an Medikamenten fehlt.*

Eine Antwort auf sein Angebot ließ lange auf sich warten. Jan war wieder beunruhigt; er hatte den Gebäudeeingang zu der Tanzschule, ihren verabredeten Treffpunkt, inzwischen verlassen, um sich in Richtung ihrer Wohnung zu bewegen. Was war mit ihr, dass sie nicht von sich hören ließ? Ähnliche Erlebnisse hatte er auch mit seiner Frau, die verstorben war; das hatte ihn genauso kirre gemacht: Diese Frauen! Nun war er wieder etwas verärgert. Ob Solveig überhaupt in ihrer Wohnung war? Im Bett liegen konnte sie auch bei ihren Eltern oder im Krankenhaus. War sie etwa schwanger? Von ihm im Taubenschlag? Oder hatte sie ihn betrogen – die letzten Tage am Mittelmeer, als er wieder zu Hause war und sie noch dort? Mit einem, der ihr mehr brachte als die tagtägliche Frühstücksvorbereitung? Wollte sie nicht mit ihm sprechen, weil ihr das so peinlich war? Jan stand vor dem Haus, in dem sie wohnte. In keinem der Zimmer brannte Licht. Wo steckte sie oder wo versteckte sie sich vor ihm? Er war der Verzweiflung nahe. Da klingelte endlich wieder das Handy.

„Solveig", rief Jan in den Hörer, „…"

„Jan, ich sehe dich, von meiner Wohnung aus vor dem Haus stehen", ließ sie ihn wissen, „komm rauf!

Ich drücke gleich den Türöffner. Dann kommst du ins Haus."

Im Bademantel stand Solveig in ihrer Wohnungstür, als Jan dort eintraf, und schloss ihn in ihre Arme.

„In welchem Monat bist du?", hätte er fast gefragt, als sie ihm sagte: „Ein übles Virus, das mich erwischt hat. Den ganzen Tag liege ich schon im Bett und hatte mein Handy erst nicht geladen und dann verlegt. Das tut mir leid!"

Jan atmete auf. Seine Befürchtungen, die ihn geplagt hatten, waren grundlos.

„Du siehst mitgenommen aus", stellte Solveig fest, „habe ich dich mit meinem Ausbleiben strapaziert?"

„Ich hatte mir Sorgen gemacht, als ich nichts von dir gehört habe", erklärte Jan, „ich wusste nicht, was dir passiert war."

„Ich bin nicht schwanger, Jan", beruhigte sie ihn, „falls es das war, was dich umgetrieben hat und dir mein Schweigen erklärte."

„Hattest du das gedacht?", fragte er überrascht.

„Wäre es denn eine Katastrophe, wenn ich von dir ein Kind erwarte?", antwortete Solveig, „das wäre doch ein Geschenk."

„Gewiss", erwiderte er, „wenn ich der Vater bin … und das kann ja gar nicht anders sein."

„Das möchte ich wirklich meinen", stimmte sie ihm mit Nachdruck zu, „und auch nichts anderes dazu hören, als dass du der Vater bist. Ich liebe dich, Jan, du süßer, alter Mann."

„Was kann ich für dich tun?", wandte er sich an sie, seiner selbst wieder mehr gewiss, „hast du genug gegessen, genug zu trinken oder steht ein Einkauf an? Benötigst du Medikamente, die ich dir bei einer Apotheke besorgen kann?"

„Kauf uns doch einen guten Rotwein", schlug Solveig vor, „dann machen wir uns leckere Spaghetti und essen gut, statt an der Tanzparty teilzunehmen. Tanzen mit dir würde ich lieber, kann ich dir versichern. Aber mit Halsweh und Gliederschmerzen ist das kein Spaß. Medikamente brauche ich nicht."

„Spaghetti und Rotwein sind eine vorzügliche Idee", sagte Jan euphorisch, „gleich gehe ich los und kaufe auch ein paar Gewürze sowie Erdbeereis und

Sahne als Dessert. Das wird ein schönes Dinner und wird dich schnell genesen lassen – da bin ich mir sicher ... Zur Tanzparty gehen wir beim nächsten Mal; die läuft uns nicht weg. Zuvor musst du gesund werden."

„Du bist so lieb, Jan", sprach sie leise, „so einfühlsam. Ich danke dir von ganzem Herzen, dass du jetzt bei mir bist – das ist einfach wunderbar!"

Arbeit

„Oft höre ich von meinen Studienkollegen von Partnerschaftsarbeit", erzählte Solveig, „wenn ich es
richtig verstehe, was mir auf meine Frage, was das
sei, geantwortet wird, geht es darum, sich um Partnerschaft zu bemühen. Sind solche Bemühungen
Arbeit? Waren die Bemühungen, die wir für unsere
Partnerschaft unternommen haben, tatsächlich Arbeit?"

„Auf gar keinen Fall", äußerte Jan, „Beziehungsarbeit werden solche Bemühungen auch oft genannt,
ohne dass es dabei tatsächlich um Arbeit geht. Mir
geht es wie dir, dass ich Bemühungen in solchen
Zusammenhängen nicht als Arbeit verstehe. Denn
unser Urlaub in Sizilien, ebenso wie die kürzlich
unternommene Wanderung, aber auch das gemeinsame Musizieren wie die Teilnahme an der Tanzparty beruhten auf dem Wunsch nach Beziehung
zwischen uns beiden und hatten in gewissem Umfang als Voraussetzung auch Bemühung. Aber dabei von Arbeit zu sprechen, erscheint mir vollkommen unangebracht: Das ist falsch."

„Aber wenn du für deine kranke Partnerin sorgst, für sie einkaufst und in ihrem Haushalt tätig bist, sind das sicher Bemühungen um ihre Genesung oder ihr Wohlbefinden, aber Arbeit?"

„Von Partnerschaftsarbeit oder Beziehungsarbeit lässt sich möglicherweise sprechen, wenn es um die Rettung einer Beziehung oder einer Partnerschaft im Sinne einer geschäftlichen Einigung geht, also zum Beispiel scheidungsbereite Ehepartner ihre Scheidung aus finanziellen Gründen vermeiden wollen. Dann ist die emotionale Grundlage zur Fortsetzung der Partnerschaft verloren gegangen, doch Vernunftgründe sprechen dafür, sie fortzusetzen. Dabei handelt es sich um ein Geschäft oder einen Deal, dessen Abschluss Arbeit erfordert."

„Das verstehe ich, Jan, vielen Dank! Nicht alles, was als Bemühung empfunden wird, kann zu Recht als Arbeit betrachtet werden. Doch zu Arbeit habe ich eine weitere Frage."

„Wenn es dir um Familienarbeit geht, ist Arbeit aus meiner Sicht aus ähnlichen Gründen die falsche Bezeichnung elterlicher Versorgung der Kinder, die meistens die Mütter übernehmen. Doch darüber lässt sich eher streiten als über Beziehungs- oder Partnerschaftsarbeit."

„Nein, um Familienarbeit geht es mir nicht. Ich möchte wissen, was du unter Arbeit verstehst und unter Beruf."

„Warum willst du das von mir wissen?", fragte Jan, „was ist der Grund dafür?"

„Mein Vater sagt immer, dass sein Beruf seine Arbeit sei", berichtete Solveig, „wie du weißt, ist er Bankier, was er als seinen Beruf bezeichnet. Seine Arbeit ist dasselbe? Oder ist seine Arbeit, was seinen Beruf als Bankier manifestiert? Wie hast du das für deinen Beruf gesehen?"

„Ich habe Jura studiert und habe stets erklärt, von Beruf Jurist zu sein", erwiderte Jan, „da für mich schon während meines Studiums feststand, dass ich in der Verwaltung tätig sein werde, hätte ich auch Verwaltungsjurist als meinen Beruf nennen können; das ist immer noch recht allgemein. Mit meiner Arbeit habe ich einen Beruf praktiziert, zuletzt als Abteilungsleiter im Finanzressort unserer Stadt. Meinen Beruf als Jurist hätte ich aber auch im Innenressort oder im Wirtschaftsressort ausüben können; das wäre dann meine Arbeit gewesen ..."

„Im Fall meines Vaters lagen Beruf und Arbeit eng beieinander", kommentierte Solveig, „er hatte Wirtschaftswissenschaften studiert und anschließend eine Ausbildung als Bankkaufmann gemacht. Bei dir war das etwas anders. Als Referendar hattest du dich noch nicht spezialisiert. Zu Beginn deiner Tätigkeit war noch offen, ob dir deine Arbeit in der Stadtverwaltung gefällt. Dass du Spaß an deinem Beruf hattest, zeichnete sich mit der Wahl deines Studiums ab."

„Ja, so ungefähr war es", stimmte er ihr zu, „wie stellt sich denn für dich die Situation dar? Von Beruf wirst du Volkswirtin sein. Wo möchtest du tätig werden? Als was willst du arbeiten?"

„Eine schwierige Frage für mich. Mein Vater sieht meine Zukunft bei einer Bank, meine Mutter im Consulting. Ich sehe meine Zukunft dort nicht. Beides ist mir zu langweilig; es geht dabei meistens nur um Zahlenkolonnen und Geld. Vielmehr sehe ich meine Zukunft im Entertainment oder beim Sport. Doch dafür ist ein Studium der Volkswirtschaft nicht die erste Voraussetzung, allerdings hier und da vielleicht hilfreich."

„Du suchst freie Entfaltung", stellte Jan fest, „habe ich recht?"

„Da widerspreche ich nicht", erwiderte Solveig, „in Verbindung mit einem guten Leben wäre das tatsächlich am besten."

„Dann solltest du bald jemand Reichen heiraten", empfahl er ihr, „möchtest du das?"

„Wenn ich heirate", erwiderte Solveig mit fester Stimme, „heirate ich dich."

„Danke! Das freut mich", antwortete er, „doch ein reicher Mann bin ich nicht ..."

„... und ob du reich bist", warf sie ein, „zu meinem Glück nicht an Geldwerten. Denn gekauft werden will ich nicht."

Alter

Nun währte ihre Partnerschaft mehr als ein gutes halbes Jahr. Solveig hatte von Jan über das Leben lernen wollen und ließ sich von ihm berühren, je mehr er über das Leben und von sich erzählte; sie verliebte sich in Jan. Jan hatte sich auf diese Weise eine Tür geöffnet, um ein neues Leben zu beginnen. Das hatte ihn überrascht; er brauchte etwas Zeit, um sich damit vertraut zu machen. Als er durch diese Tür in sein neues Leben eingetreten war, verliebte er sich in Solveig. Seither bereicherte und beglückte sie ihre Liebe. Was Jan allerdings bewegte, waren Solveigs Jugend und sein Alter: Gefährdete dieser Unterschied ihre Liebesbeziehung oder war er für sie sogar ein Gewinn? Er sah sich außerstande, diese Frage allein für sich zu klären und wandte sich daher an Solveig.

„Ich bin so viel älter als du, immerhin 45 Jahre. Machst du dir deshalb hin und wieder Sorgen?", fragte er sie, „oder siehst du darin kein Problem?"

„Was wäre denn aus deiner Sicht für mich Anlass, mir Sorgen zu machen oder ein Problem zu erkennen?", wollte Solveig wissen, „dass du krank wirst oder bald nicht mehr bist?"

„Ja, beispielsweise könnte das ein Anlass sein, der dir viel bedeutet", äußerte Jan, „im Alter wird dergleichen doch immer wahrscheinlicher."

„Kann das nicht auch einem Menschen passieren, der viel jünger ist als du? Abgesehen davon weiß ich, dass du viel älter bist als ich und empfinde doch die Liebe zu dir, will dich als Partner", erklärte sie, „mit fehlt nichts, weil du so viel älter bist als ich."

„Dir fehlt nichts, weil du kein Studentenleben mit mir hast, nicht mit mir Nächte in Clubs verbringst, vielleicht kein so unbeschwertes Leben führst, wie es junge Menschen schätzen?", gab er überrascht zurück.

„Wenn du mir gleich noch zu verstehen gibst, dass ich doch Kinder und Familie will, du aber ein alter Mann bist", entgegnete sie etwas spitz, „weckst du bei mir den Eindruck, dass ich dir zu viel werde und du mich nicht mehr erträgst. Ist es mit unserem Glück vorbei?"

„Solveig", rief Jan, „auf gar keinen Fall! Nichts schätze ich mehr als unsere Liebe, die wir uns schenken und die ich auf jeden Fall will."

„Süßer, alter Mann, den ich so unfassbar liebe", beruhigte ihn Solveig mit zarter Stimme, „du machst alles richtig, wenn du mich fragst, was dich bewegt, mich aber nicht. Allerdings könnte es mich bewegen. Anders gefragt: Ist dein Alter für dich ein Problem, weil du dich sorgst, dass du meinen Erwartungen zu wenig entsprichst und mir nicht genügst?"

„Es könnte sein, dass sich das so verhält. Denn ich weiß ja, was mir im Alter alles fehlt, dir jedoch nicht."

„Erinnerst du dich daran, was dir alles fehlte, als du so jung warst wie jetzt ich? Vieles war täglich neu und ungewohnt und dir fehlte Erfahrung, um zu entscheiden, was für dich am besten ist und welchen Weg du am besten gehst."

„Aus deiner Sicht schließt für Menschen ab Mitte zwanzig kein Alter etwas aus – von körperlichen Belastungen einmal abgesehen. Verstehe ich dich richtig?"

„Alter ist viel mehr als Lebenszeit oder körperliche Fitness. Reife und Erfahrung machen Alter so interessant und liebenswert. Ich liebe dich, süßer, alter Mann. Dabei spielt für mich Lebenszeit keine Rolle, und wer so tanzen und wandern kann wie du, hat doch keinen Grund, seine körperlichen Fähigkeiten in Frage zu stellen; der kann es mit Jüngeren doch erfolgreich aufnehmen."

Da lachte Jan, nahm sie in den Arm und küsste sie.

„Du bist so lieb zu mir. Das schätze ich sehr und es macht mir Mut, den ich immer mal wieder verliere. Ich habe noch etwas, was ich dir gerne sagen will."

„Du machst es spannend, Jan. Um was geht es?"

„Wenn ich ehrlich bin, wäre es mir eine große Freude, Kinder und eine Familie mit dir zu haben. Das wäre einfach wunderbar …"

„Jan, du willst was?", fragte sie sehr überrascht, „du willst Kinder und Familie mit mir? Ist das dein Ernst? Habe ich dich richtig verstanden?"

„Ja, das ist mein Ernst, Solveig. Kinder sind etwas Wunderbares. Kinder mit dir sind das erst recht. Für mein Leben jetzt wüsste ich jedenfalls nichts

Schöneres. Aber wie das gut gehen soll, weiß ich noch nicht."

Solveig warf sich an seine Brust und umarmte ihn, dass er beinahe gar keine Luft mehr bekam.

„Jan, du bist der erste Mann, der mir sagt, dass er Kinder mit mir haben will, der Allererste. Das hat mir bisher noch keiner gesagt – stets gerne vögeln, klar, aber Kinder?"

„Immer mit der Ruhe, Solveig! Kinder sind eine große Freude, beglücken und bereichern, aber sie fordern auch, was ganz selbstverständlich ist. Aber wie wir uns als Familie zusammenfinden, wissen wir jetzt noch nicht, sollten wir aber möglichst bald, wenn wir gemeinsame Kinder haben wollen."

„Das wird uns mit Sicherheit gelingen, Jan. Süßer, alter Mann, der mit mir Kinder haben möchte, das kann ich nur fassen, weil ich dich so unfassbar liebe."

Die beiden lagen sich in den Armen und hielten kaum für möglich, dass sie sich so bedingungslos für Kinder und Familie entschieden hatten: Solveig, die vom Leben wissen wollte und deshalb Jan zu lieben begann, Jan, der bereit war, ein neues Leben

zu starten, und deshalb seine Liebe zu Solveig an-
fing – und nun auch noch Kinder! Das war in der
Tat ein kleines Wunder, das weder sie noch er für
möglich gehalten hatten, als sie sich zum ersten Mal
im Park begegnet waren.

Im Krankenhaus

Es war Herbst geworden. An der Uni hatte das Wintersemester längst angefangen. Auf die Straßen fiel Laub in allen Farben. Im Audimax der Uni klingelte Solveigs Handy, während sie einer Vorlesung lauschte; sie nahm rasch ab, um die Veranstaltung nicht zu stören.

„Jan, was ist? Sag mir schnell, um was es geht. Ich sitze in einer Vorlesung", sprach sie leise in das Mikrofon ihres Handys.

„Ich hatte einen Fahrradunfall und bin in einem Notarztwagen auf dem Weg in die Uni-Klinik", teilte er ihr mit.

„Bist du verletzt? Brauchst du meine Hilfe? Wohin soll ich kommen?", fragte Solveig aufgeregt und besorgt.

„Falls ich ein paar Tage im Krankenhaus bleiben muss, würde mir sehr helfen, wenn du mir meinen Schlafanzug, etwas Unterwäsche und meinen Waschbeutel bringst."

„Das mache ich, Jan. Bis später!", war Solveigs knappe Antwort, „den Schlüssel zu deiner Wohnung habe ich ja."

Jan wollte mit dem Fahrrad von seiner Wohnung in die City fahren. Er fuhr die etwas abschüssige Straße hinunter, in der er wohnte, und stürzte vom Fahrrad aufgrund eines Pflastersteins, der mit Laub bedeckt war. Zum Glück trug er einen Helm; denn mit dem Kopf fiel er auf den Randstein der Straße. Jemand hatte einen Notarztwagen gerufen, als er ihn auf der Straße liegen sah und Jan sich nicht bewegte. Mit Blaulicht traf der Wagen ein, der Notarzt untersuchte Jan und ließ ihn ins Krankenhaus bringen, um ihn wegen einer möglichen Gehirnerschütterung oder eventuell anderer Kopfverletzungen dort behandeln zu lassen. Deshalb sollte Jan drei Tage auf der Unfallstation verbringen; dort wurden auch seine Verwundungen und Prellungen versorgt.

Am späten Nachmittag besuchte ihn Solveig auf der Unfallstation; sie war äußerst beunruhigt und hatte ihm alle Utensilien mitgebracht, um die er gebeten hatte. Als sie in sein Krankenzimmer trat, sah sie ihn mit verbundenem Kopf im Bett liegen und hätte fast losgeheult. Er begrüßte sie leise und winkte mit der rechten Hand, die verletzt und deshalb auch verbunden war. Offenbar war er erschöpft und stark mitgenommen. Die verstauchten Arme und Beine schmerzten. Das Bild, das er bot, entsetzte Solveig und rührte sie. Hatte er eine Gehirnerschütterung oder etwas anderes am Kopf? Offenbar hatte er bei seinem Sturz das Bewusstsein verloren und lag einige Minuten ohnmächtig auf der Straße. Der Notarzt hatte ihn wieder aufgebaut, als er Solveig über seinen Unfall telefonisch verständigte. Aber jetzt schien es ihm wieder schlechter zu gehen. Solveig beugte sich über ihn, gab ihm einen Kuss und setzte sich neben sein Bett.

„Hast du Schmerzen", fragte sie ihn, „kann ich dir mit etwas behilflich sein?"

„Ein Glas Tee wäre gut ", sagte er wieder sehr leise, „die Thermoskanne steht hier auf dem Nachttisch."

Sie schenkte ihm ein, und er trank; dann erzählte er ihr kurz den Hergang des Unfalls.

„Offenbar hast du noch Glück im Unglück gehabt", merkte Solveig an, „das hätte noch schlimmer ausgehen können. Was sagen die Ärzte?"

„Die Prellungen, die der Sturz verursacht hat, sind nicht schlimm. Geklärt werden muss, ob ich eine Verletzung am Kopf habe, eine Gehirnerschütterung oder etwas anderes. Denn nach dem Sturz war ich eine Weile ohne Bewusstsein. Drei Tage muss ich hier auf der Station bleiben."

„Hast du Kopfschmerzen oder irgendwelche Beschwerden?"

Jan schüttelte den Kopf. „Ich bin müde", sagte er, „offenbar hat mich der Unfall allerhand Kraft gekostet."

„Soll ich besser wieder gehen, damit du schlafen kannst?"

„Nein, bleib hier! Das ist schön und hilft mir. Herzlichen Dank!", äußerte er, sah sie glücklich an und fiel nach ein paar Minuten in einen leichten Schlaf.

Was, wenn er eine schwere Gehirnerschütterung hat, fragte sich Solveig, oder sonst etwas mit Folgen auf Dauer. Sie wollte sich das nicht vorstellen. Jan, der bis eben bei voller Gesundheit war, nun wegen eines Fahrradunfalls plötzlich behindert, ein Invalide? Vorbei ihr gemeinsames Glück mit Musizieren, Tanzen, Wandern, Spazierengehen? Und was wäre mit dem seit Kurzem einvernehmlichen Wunsch, ihre Liebe mit gemeinsamen Kindern und einer Familie zu leben? Nicht auszudenken, wenn es dazu aufgrund dieses Fahrradunfalls nun nicht mehr kommen könnte. Doch was auch immer geschehe, sagte sich Solveig, auf keinen Fall lasse ich Jan allein. Möge er mir weiter erhalten bleiben wie bisher, wieder genesen und sich nicht vom Leben verabschieden, Jan, mein süßer, alter Mann, den ich unfassbar liebe.

Eine leichte Gehirnerschütterung wurde tatsächlich festgestellt, führte allerdings nicht zu geistigen oder körperlichen Schäden. Jan musste zu den drei Tagen weitere fünf Tage im Krankenhaus bleiben, wurde aber auf die Station für Neurologie verlegt. Solveig besuchte ihn täglich trotz des Semesters – meistens am Nachmittag. Als der Kopfverband abgenommen wurde, schien er auf dem besten Weg der Genesung zu sein und zu den Gesunden zurückzukehren. Bei seiner Entlassung wurde ihm empfohlen, auf sportliche Aktivitäten zu verzichten, sich in den weiteren vier Wochen äußerst ruhig zu halten und nach vierzehn Tagen sich zu einer Routineuntersuchung wieder einzufinden. Die beiden atmeten auf über diesen beruhigenden Ausgang des Unfalls, der ihr Glück ganz unvorhergesehen hätte beeinträchtigen können, allerdings nicht ihre Liebe.

Samantha

Jan hatte diesen Wunsch geäußert – Solveig war davon begeistert. Doch als sie dann schwanger war, bewegten Solveig die vielen Fragen, wie das nun alles geschehen solle. Hatte sich bei dem früheren Gespräch Jan für zu alt gehalten, fühlte sich jetzt Solveig für zu jung.

„Werde ich nicht nur Mutter, sondern vor allem auch eine gute?", wollte sie von Jan wissen, „siehst du da gar kein Problem?"

„Was sollte denn deines Erachtens dagegen sprechen?", fragt Jan zurück.

„Zu Beginn der Schwangerschaft dachte ich auch so", antwortete sie, „da war alles noch Monate entfernt. Aber jetzt Ende des siebten Monats steht die Geburt fast unmittelbar bevor. Da komme ich ab und zu ins Grübeln."

„Bist du bereit, für zwei, aber nicht für drei, weil du dich zu jung dafür fühlst?" äußerte Jan, „was müsste ich da in meinem Alter sagen – zu alt? Das hältst du doch für falsch. Denn ‚zu alt' gibt es ja nicht für dich."

‚Zu alt' gibt es nicht für dich", bemerkte sie, „ob ‚zu jung' nicht für mich gilt, weiß ich nicht."

„Bist du nicht", erklärte Jan, „das weiß ich", er lachte und strich ihr die Haare aus der Stirn, „sei unbesorgt, Solveig, auch Kinder sind nicht allein eine Sache des Lebensalters."

Da lächelte sie und legte die Hände auf ihren Bauch, um zu spüren, was sich dort rührte.

„Du wirst mir tatsächlich unser Kind abnehmen, wenn ich es nicht mehr stillen muss?"

„Das habe ich dir versprochen", antwortete er, „du sollst dein Studium fortsetzen können, um es abzuschließen. Das ist wichtig für dich, und mir liegt daran."

„Du bist wunderbar, Jan, du siehst der Geburt unseres Kindes so gelassen, so sorgenfrei entgegen. Das bin ich gar nicht gewöhnt von dir, ermutigt mich allerdings ganz außerordentlich."

„Das ist so erstaunlich nicht", bemerkte er, „ich hatte schon Kinder und weiß von den Freuden und den Sorgen, die Kinder machen. Für dich ist das alles neu, und du hast viele Fragen, von denen sich zu deinem Glück so gut wie alle doch beantworten lassen."

„Wahrscheinlich wecken meine vielen Fragen den Eindruck, dass ich voller Sorgen und stark verunsichert bin. Gewohnt bin ich das nicht von mir", stellte Solveig fest.

„Ich auch nicht", stimmte Jan ihr zu, „ dir wird klar, was Sorgen von Eltern sind; die hattest du bisher nicht. Wie auch? Doch du hast allen Grund zur Zuversicht. Wir haben so viel Glück – nicht zuletzt mit deinen Eltern."

Der Begegnung mit Solveigs Eltern, um ihnen die frohe Erwartung mitzuteilen, war viel Aufregung vorausgegangen. Trotz unmissverständlicher Drohungen wegen seiner Partnerschaft mit Solveig, ein Verfahren mit schweren Vorwürfen gegen Jan einzuleiten, war es seit dem Schreiben an Jan vor einem knappen Jahr dazu nicht gekommen. Allem Anschein nach hatten sich Solveigs Eltern damit abgefunden, dass Solveig und Jan ein Paar waren. Oder sie gingen davon aus, dass sich die Angelegenheit erledigt und Solveig ihre Beziehung mit Jan beendet hatte, wie es schon oft mit Bekannten oder Freunden geschehen war, die ihr nähergekommen waren. Dabei ging es bisher noch nie darum, dass Solveig ein Kind erwartete. Deshalb wäre es eine große Überraschung, sollte die Liebesbeziehung zwischen den beiden noch immer halten und Solveig schwanger sein.

Würde der Zorn der Eltern über Jan nun erneut hochkommen und sich auf Solveig übertragen? Wären die Eltern in der Lage, Jan als gefährlichen Heiratsschwindler anzuzeigen und vor Gericht zu bringen, Solveig mit Kind dagegen in der Familienvilla dauerhaft unter Beobachtung zu halten oder zu verstoßen? Als Solveig sich eines Tages für ein Gespräch über ihre Zukunft auf einen Samstagnachmittag anmeldete, verspürte sie heftiges Herzklopfen; dies verstärkte sich, als sie mit Jan und sichtbar schwanger vor dem Hauseingang des Familiensitzes stand, geklingelt hatte und darauf wartete, dass ihnen bald geöffnet wurde. Endlich ging die Tür auf, und sie fiel ihrer Mutter um den Hals, während ihr Vater Jan anstarrte. Kannte er diesen Mann nicht vom Sehen? Aber woher? Ihre Mutter erkannte gleich, was der Gegenstand des Gesprächs über die Zukunft war, als sie Solveig sah. Aber so etwas hatte sie schon vermutet und deshalb vorsorglich für vier Personen auf der Terrasse zum Garten hin für Kaffee und Tee gedeckt.

Die Eltern und das ungleiche Paar nahmen an dem Tisch Platz und saßen sich gegenüber. Nach ein paar Minuten Schweigen, als Kaffee und Tee eingeschenkt wurden, fragte die Mutter:

„Wie geht es dir, Solveig, bist du wohlauf?"

Solveig nickte und nahm einen Schluck von ihrem Tee.

„Du bist schwanger", sagte ihre Mutter, „oder ..."

„... das stimmt", unterbrach Solveig, „ich bin im sechsten Monat. Beschwerden hatte ich bisher noch nicht. Alles läuft gut."

„Und wer sind Sie?", fragte ihr Vater Jan und platzte fast vor Neugier, „mir ist, als habe ich Sie schon einmal gesehen. Was machen Sie?"

Jan nannte seinen vollen Namen und stellte sich kurz vor:

„Ich bin in dieser Stadt geboren, habe hier Rechtswissenschaft studiert und war viele Jahre in der

Stadtverwaltung tätig, zuletzt Leiter der Finanzabteilung. Seit fast vier Jahren bin ich im Ruhestand. Meine Frau und zugleich die Mutter unserer Tochter und zweier Söhne ist vor drei Jahren einer schweren Krankheit erlegen. Seither lebe ich allein. Vor einem knappen Jahr bin ich ihrer Tochter im Park begegnet und habe sie dort kennengelernt."

„Wenn Sie als Abteilungsleiter in der Stadtverwaltung tätig waren, habe ich Sie bei den Neujahrsempfängen des Oberbürgermeisters gesehen – etwas anderes kann ich mir nicht vorstellen", äußerte der Vater, „waren Sie im vergangenen Jahr mit Solveig im Urlaub?"

„Ja, das war ich", antwortete Jan, „Solveig hatte mich dazu eingeladen."

„Sind Sie derjenige, dem ich ein Verfahren wegen Betrug und Heiratsschwindel androhte?", wollte Solveigs Vater wissen.

„Mit einem Schreiben hatten Sie mir das zu verstehen gegeben", antwortete Jan, „damit fühlte ich mich missverstanden und freue mich jetzt um so mehr, dass Sie mich von Veranstaltungen in der Stadtverwaltung kennen."

Das sorgte für ein Schmunzeln bei Solveigs Vater. Die Mutter ergriff das Wort und sprach:

„Nun sind Sie der Vater des Kindes, mit dem unsere Tochter schwanger ist. Deshalb sind Sie mit ihr hier?"

Jan und Solveig nickten.

„Mit siebzig Vater zu werden, das ist schon was. Sind Sie dafür nicht zu alt? Haben sie keinerlei Bedenken?"

„Nein, habe ich nicht", gab Jan zurück, „Solveig und ich lieben uns von ganzem Herzen. Ein Baby, ein Kind wird uns beglücken."

„Ihre Liebe mindert keine Risiken, die Sie mit Ihrem Alter für Ihren Nachwuchs eingehen", wandte Solveigs Mutter ein.

„Eltern und Großeltern werden in meiner Familie meistens alt und bleiben kerngesund. Da habe ich wenig Sorge, das Zeitliche bald zu segnen", entgegnete Jan beinahe übermütig, „oder das Opfer schwerer Krankheit zu sein."

„Machst du dir keine Sorgen, Solveig?", hakte die Mutter nach.

„Sorgen kann ich mir viele machen – wegen Jans Alter, aber auch wegen meiner Jugend. Hilft uns das? Wir freuen uns auf unser Kind – ganz einfach."

Solveigs Mutter hatte angefangen, den Wunsch der beiden zu verstehen, war aber vom Optimismus der beiden noch nicht angesteckt. Doch einen Vorwurf machte sie Jan und Solveig nicht und zog auch nicht in Betracht, Solveig zu überreden, sich von dem Kind zu trennen, sobald es das Licht der Welt erblickte. Das Vertrauen, das die beiden für ihre Zukunft hatten, machte Eindruck auf sie. Solveigs Vater ging es genauso.

„Es tut mir leid", teilte er mit, dass ich juristisch gegen Sie vorgehen wollte, Jan. Aber ich weiß erst jetzt, wer Sie sind und wo Sie tätig waren. Ein anständiger Mensch sind Sie. Ich bin froh, dass ich meinen Ankündigungen, die ich Ihnen gegenüber traf, keine Taten folgen ließ."

Jan bedankte sich dafür und zeigte sein Verständnis, dass so etwas passieren kann, wenn man sich nicht kennt und nichts voneinander weiß.

„Wann werdet ihr heiraten?", fragte Solveigs Vater, „noch vor der Niederkunft?"

„Nein", antwortete Solveig, „heiraten wollen wir erst mal nicht. Das fühlt sich so an, als hätten wir was vergessen oder überstürzt und müssen es nun vor der Geburt noch machen. Das ist aber nicht der Fall. Heiraten können wir auch später, wenn uns danach ist. Jan regelt juristisch alles, was dringend erforderlich ist."

Diese Worte ließen die Eltern staunen. Die Gewissheit, die Solveig zeigte, sorgte für ihr Vertrauen darauf, dass Solveig und Jan sich wirklich liebten und einig waren. Zufrieden mit dem Gespräch verabschiedeten sich die beiden und verließen den Familiensitz.

Die Zeit verging sehr schnell, die Wochen wie im Flug. Die vielen Vorbereitungen wollten kein Ende nehmen, bis Jans Wohnung mit vier Zimmern für die junge Familie fertig eingerichtet war. Solveig behielt ihre Wohnung, um einen Rückzugsort für den Abschluss ihres Studiums zu haben. Die frohe Erwartung wurde zunehmend und weiter sichtbar. Die Freude darüber wurde nicht von Beschwerlichkeiten oder von vielen Sorgen in den Hintergrund verdrängt.

… und plötzlich war Samantha da; sie kam zu früh, war gesund und schrie vor Freude. Über diesen Wonneproppen waren die Eltern stolz und glücklich.

Liebe?

Menschen wollen ein Zuhause, aber zuhause sind sie nicht gern allein. Mit Heimat ist es dasselbe; niemand will in seiner Heimat alleine sein. Heimat oder ein Zuhause kann vieles sein: ein Haus, eine Stadt, ein Land, eine Kultur, Bilder, Bücher, Musik, Theater, aber auch Menschen, Bekannte, Eltern, Geschwister, Familie, Freunde und *Lover*. Nicht dass sich zuhause oder in der Heimat stets alle lieben. Aber wenn sich zwei Menschen lieben, sind sie bei sich zuhause und finden in ihrer Liebe einen Traum, keinen Ort, sondern jeweils einen anderen Menschen, der ihnen Einvernehmen, Glück, Gefühl, Harmonie, Rätselhaftes, Überraschendes, Zuwendung schenkt. Solveig und Jan lebten diesen Traum. Anders wäre ihnen keine Liebe möglich gewesen. Das spürten die beiden, so verschieden sie waren. Beide wollten für sich und gemeinsam authentisch sein. Das war ihr Weg, den sie für sich gingen und beide zusammen mit allen Unterschieden, die sie ausmachten: Ein Einvernehmen mit Rätseln, ein Glück mit Überraschungen, oder eben mit einem Wort: Liebe …